華文教學叢書

深度討論力：
美國讀寫教育模式

王世豪　著
鍾可沂、王思涵、李芳瑜　編輯

前言
以討論式的表述與書寫帶領閱讀思考學習

　　本人有幸在三年前任職臺灣師範大學教務處共同教育委員會國文組時，由於參與了以美國深度討論教學法對大學國文課程的革新，而聆聽了曾多聞女士到師大的講座。曾女士說到當時她到美國留學時，總覺得美國同學都非常善於表達，原本以為是語言能力的差異，後來才發現是由於美國同學自小就接受了跨領域的表達力訓練，也就是跨科際的寫作練習[1]，她在那時候感受到的震撼，轉換至當時在場的我，心中有一股躍躍欲試的興奮，想要以國語文的角度，也試著來為臺灣的國語文教育，進行一場學思讀寫的創新實驗。二〇一八年曾多聞女士出版《美國讀寫教育改革教我們的六件事》[2]，裡面提到：「曾擔任美國國家英文成就研究中心主任的作家及學者亞瑟・艾伯比（Arthur Applebee）指出，綜觀整個十九世紀，美國中小學的寫作教學，都只著重教學習者寫字，很少顧及其他，甚至拖到中高年級才進行寫作教學……當時教育界普遍認為，寫作力的發展必須在閱讀力之後。」這個觀點，在一九七五年的一篇轟動一時的社論〈為何強尼不會寫作〉，促使了當時的教育界和政治界重視及檢討當時的語文教育，也間接地開啟課後讀寫課程的風氣。[3]

1　曾多聞：《美國讀寫教育改革教我們的六件事》（臺北：讀書共和國出版集團，2018年）。

2　曾多聞：《美國讀寫教育改革教我們的六件事》。

3　曾多聞：《美國讀寫教育改革教我們的六件事》。

加州大學柏克萊分校成立了一個非營利組織「美國國家寫作計畫」（National Writing Project, NWP），主要是在協助公立學校的學習者，能夠接受高品質的寫作教育，尤其是學習者寫作能力的加強上。二〇二〇年曾多聞女士更出版了《美國讀寫教育——六個學習現場，六場震撼》[4]，以她身為家長的第一線參與觀察，為美國讀寫教育做了現場的紀錄。想不到美國的讀寫教育，在小朋友學齡前六個月大時，就由「兒科醫師」發動。這種「閱讀療法」的實施，對於過動、情緒焦慮、注意力等都已然展現了許多改善的成果，而這種教育培養，逐步的搭配表達與寫作，發展成美國的讀寫教育模式。

由於本身以美國賓州州立大學 Murphy 教授的「深度討論（Quality Talk）」教學模式，對當時的大學國文課程進行了一場改革試驗，也嘗試做了學術上和教學上的研究。所以一接觸到曾女士所介紹的美國讀寫教育，發現 Murphy 教授的教學法，實際上也是立基於此基礎上進行的「課堂討論」研究。

在這個寫作指標與教學方法的鷹架之下，本書參酌了《經典中國童話》[5]中所蒐集到中國古代筆記小說中各篇具有奇妙異趣的篇章。這些篇章的內容，漫遊者文化出版公司以「趣味」和「想像力」為選篇宗旨，很好的整理翻譯了存在於中國魏晉南北朝以來的傳奇話本與宋代以後的筆記小說，擇選的主題目標明確，選取的內容著實呼應該書之編纂宗旨。本人閱讀後認為，可以在這個基礎上，導入教學策略，讓這些經典篇章，作為華文思維表述寫作的指引，在趣味與想像力的刺激因素下，讓學習者進入華文的古典文化中，發現、思辨與深

---

[4] 曾多聞：《美國讀寫教育——六個學習現場，六場震撼》（臺北：讀書共和國出版集團，2020年）。

[5] 漫遊者編輯室：《經典中國童話：從文學經典中採集童話，從閱讀童話中親近文學》（臺北：漫遊者文化公司，2012年）。

度討論，再藉由美國寫作三種文類：記敘文、說明文、議論文的寫作學習體裁，透過深度討論（Quality Talk）的方式，在課室中進行以書寫表述為起點的閱讀理解與思辨討論教學與學習。

　　本書以《經典中國童話》所蒐集彙編的中國小說為參考主體，還原篇章的原文，並且進行註解說明，再就該書的白話翻譯進行改寫調整。中國古代的經典傳說故事，擇取有趣、具思辨及寫作觀察模仿價值的文章，試圖將「美國讀寫教育」的讀寫訓練模式，結合「深度討論」教學模式，透過前者的「分析式閱讀」、「敘事觀點分析」的教學引導，搭配「申論式」、「科普式」、「創意式」寫作練習，使學習者透過「深度討論」七種問題類型的提問，加深閱讀理解的層次，並結合學習「記敘文」、「說明文」、「議論文」三個重要書寫文體的寫作方法。

　　《美國讀寫教育改革教我們的六件事》提到：「美國國家教學中心一再強調，『寫得好』一定讀的好，但『讀得好』卻不代表寫得好。」[6]本人本於此理念，想要從華夏文化和語文的本體出發，採用古代中國經典文本，結合美國讀寫教育和深度討論教學的精神和方法，進行一場「教學／學習」、「思考」、「閱讀」、「寫作」的大膽嘗試。

6　曾多聞：《美國讀寫教育改革教我們的六件事》。

本書使用說明

一、本書分「初階」、「中階」、「高階」三等級之「學思讀寫訓練」，適用對象為華文地區中學至大學以中文為母語之使用者，依據語文程度分為「第一學習階段」、「第二學習階段」、「第三學習階段」之學習者。

二、本書以在每一等級皆以「記敘文」、「說明文」、「議論文」三類文體，做為學習寫作之體裁，並參酌「美國學校一到第六級實施讀寫教育的教學目標」。

三、本書由教學者引導學習者進行學習時，可從三個等級中三種文體所例示之「文本閱讀」和「討論思考」的內容為教學指引。依此便可以循美國讀寫教育在讀寫方面所專注的模式和深度討論教學的提問討論方法，進行課堂對話式的讀寫訓練。

四、本書每階段後半部附有三個學習階段中，「記敘文」、「說明文」、「議論文」三類文體的閱讀篇章與討論讀寫練習，教學者能夠在前述範例教學完成後進行討論讀寫練習。

五、本書所附美國讀寫教育與深度討論模式的學習架構及學習單，可以供教學者及學習者自行選擇合適之文本，為學習者進行學思讀寫訓練。

六、本書參酌曾多聞女士於《美國讀寫教育——六個學習現場，六場震撼》所附錄之「六面向寫作評量標準」進行調整簡化設計，作為讀寫訓練時，教學者及學習者檢視學習者書寫成果的參考。

深度討論教學法（Quality Talk）之讀寫應用

二〇〇二年起，美國賓州州立大學 P. Karen Murphy 教授和 Ian Wilkinson、Ana Soter 兩位學者，開始針對小學和中學的「課堂討論」教學模式進行調查研究。近年來行之有年的各種課堂討論教學，大抵是遵循著「教師引導——學習者回應——教師評估」（Initiation-Response-Evaluation）簡稱「IRE」的教學模式（Chinn, Anderson, & Waggoner, 2001）。藉由教師不斷地丟出問題，讓學習者進行各式各樣的思考，以促進對文本的理解。不過這種課堂討論模式，發動的主體，仍舊是由教學者為出發點而非來自學習者自身。久而久之，部分失去注意力或沒有跟上節奏的學習者，便會逐漸往討論的邊緣靠近，甚是脫離討論圈，失去了課堂參與的動機和學習的動力。

P. Karen Murphy 教授透過「教學對話（instructional conversations）」、「兒童哲學（philosophy for children）」、「質疑作者（questioning the auther）」、「大話題對話（grand conversations）」等九種討論課堂模式，針對各年級的課堂進行實驗，總結出學習者藉由討論的方式對學習的文本內容或單元主題之理解力，比純粹由教學者單純的課堂講述來得更高。

在這個基礎之上，「討論學習的理解程度＞課堂講授的理解程度」已成為當前許多教學實驗的共識，但是 P. Karen Murphy 教授進一步觀察到，如果在課堂討論中，教學者扮演一位「弱化的引導者

（fading facilitator）」，而使學習者主導文本內容的討論，讓發動討論課程的主角轉換成學習者彼此，針對學習理解本身，將比前述的「IRE」模式更具成效。P. Karen Murphy 教授將此模式稱為「Quality Talk」（深度討論）教學模式。

在「深度討論（Quality Talk）」的教學研究中，開始有人運用這種「教室對話」的理論進行「寫作」的研究。與讀寫相關之語言學科（QT$_{LA}$）範疇的研究中：

一　Sweigart 的實驗

Sweigart 比較了「講課（lecture）」、「全班討論（whole-class discussions）」、「小組討論（small-group discussions）」三種教學模式對於學習者事後書寫作業內容的程度高低，實驗結果發現討論式的教學在議論文寫作的成績高於講課式的教學。就討論的組織規模而言，小組討論在閱讀理解以及思維寫作的功效更勝於全班討論。

二　Reznitskaya 的實驗

Reznitskaya 則以「協同合作推理討論（collaborative reasoning, CR）」對於議論書寫的影響為觀察，依三個變項對照：

一、純粹協同推理討論。
二、討論中途指示學習者要明確的口頭表達與寫下論證。
三、直接上課，沒有實施協同推理討論。

進行分析然後比較學習者的作業文章。其發現有進行協同推理討論的

學習者議論文書寫程度優於沒有的學習者。此外，純粹進行協同推理討論的學習者之議論文書寫成績優於被要求還要明確表述出來的學習者。[1]

本書循著這個教學實驗核心，對於臺灣的十二年國民教育中國語文的「教學／學習」、「思考」、「閱讀」、「寫作」的四大語文學習指標，進行全新的設計。透過「深度討論（Quality Talk）」的「課堂對話」，引導教學者一同參與提問與討論。

依據「深度討論（Quality Talk）」的教學模式對於「讀寫」進行「學思」的程序規劃：

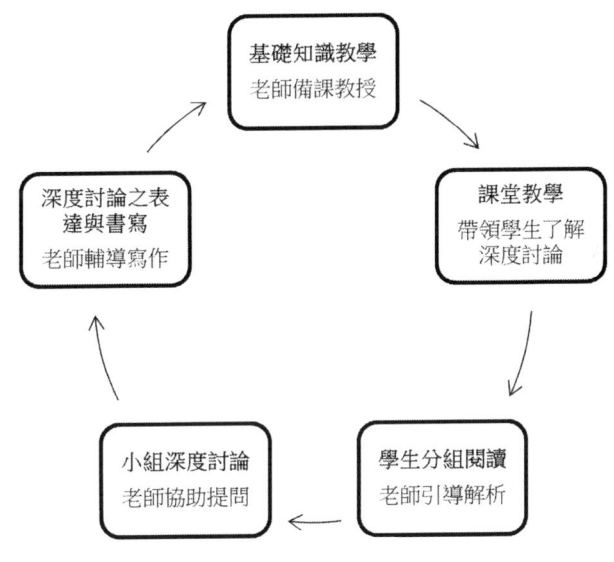

深度討論教學程序

---

[1] 王世豪：〈深度討論教學應用於大學實務思維寫作課程析論〉，胡衍南、王世豪：《深度討論教學法理論與實踐》（臺北：元照出版公司，2020年）。

在問題的提問上,教學者應提醒學習者避免提出「封閉式的問題」,例如:

　　明華:慧筠,你們上週到哪裡去旅遊?
　　慧筠:我和家人到台中谷關去旅遊。
　　明華:那住一晚要花多少錢啊?
　　慧筠:我們總共花了五千元住宿費。

這種提問,只能夠得到單純的對應答案,無助於想要透過提問而得到更多資訊的寫作目的。所以應該引導學習者提出「開放式的問題」,例如:

　　明華:慧筠,你們上週去旅遊,玩了什麼東西,感覺怎樣?
　　慧筠:我們到了谷關去泡了溫泉,還讓溫泉魚親腳,癢癢的感覺好有趣喔!
　　明華:那還有什麼有趣的嗎?
　　慧筠:有啊,我們去吃了鱘龍魚大餐。
　　明華:哇!我聽說過鱘龍魚,聽說牠是很古老的魚類耶,有活化石的稱呼。

相較於封閉式的提問,開放式的問題,將使得對話能夠激發出更多訊息,這些訊息包含具體的、感受式的,都將成為寫作的材料。

以下，附上「深度討論問題提問類型表」：

問題層次與類型			代碼	問題定義內涵
測試型問題 Test Question			TQ	具有特定答案的問題，封閉性的問題，不能誘發更多的討論。
深度討論問題	基礎	求知型問題 Authentic Question	AQ	開放性問題，問題具多樣性，提問者對於他人的回答感興趣。除測試型問題以外都為求知型問題。
		追問型問題 Uptake Question	UT	是追問其它人所說的意見，用以釐清、深化問題與認知，並會帶出更多的對話。
	高層次	推測型問題 Speculate Question	SQ	反思或提出不同可能性等思考各種可能性的問題。
		分析型問題 Analysis Question	AY	找出文本各部分不同的看法，及這些看法有何相關的問題。
		歸納型問題 Generalization Question	GE	整合相關資訊得到更通用化概念的問題。
	支持性討論	感受型問題 Authentic Feel Question	AF	將文本與回應者自身的情感或生命經驗連結。
		連結型問題 Connect Question	CQ	將這次的討論與上一次的討論或上次已分享的知識連結。

深度討論問題提問類型表

改編自陳昭珍：〈深度討論教學法概述〉，
胡衍南、王世豪：《深度討論教學法理論與實踐》，2020年。

上面的問題類型表，本書將其進行以寫作布局為目的的設計，在文本閱讀後，進行「理解的提問」和「深度的討論」，形成完整文章組織的各單位。

文章結構	問題類型	問題範例
開 頭―起	求知型問題（AQ）	這篇文章在說什麼？
第二段―承 請選擇一種提問作為第二段討論提問	追問型問題（UT）	文章裡面說的這個主題，從正面的角度還可以描述？
第二段―承 請選擇一種提問作為第二段討論提問	分析型問題（AY）	文章裡面，作者想要傳達那些意思給讀者呢？
第三段―轉 請選擇一種提問作為第三段討論提問	歸納型問題（GE）	文章裡面，大概可以分成那些子題呢？
第三段―轉 請選擇一種提問作為第三段討論提問	推測型問題（SQ）	如果文章中的主角做了不一樣的選擇，那結果可能會變成什麼樣子？
結尾―合―情意 請選擇一種提問作為第四段討論提問	感受型問題（AF）	你覺得文章裡面的人物遭遇和自己曾經經歷的事情很像的地方是什麼？
結尾―合―知性 請選擇一種提問作為第四段討論提問	連結型問題（CQ）	看完文章的內容，你有沒有覺得和其他的故事或是件很相近呢？是那些呢？

深度討論提問寫作結構表

依據上面之問題類型,可以進行各種提問的排列,組合成文章。

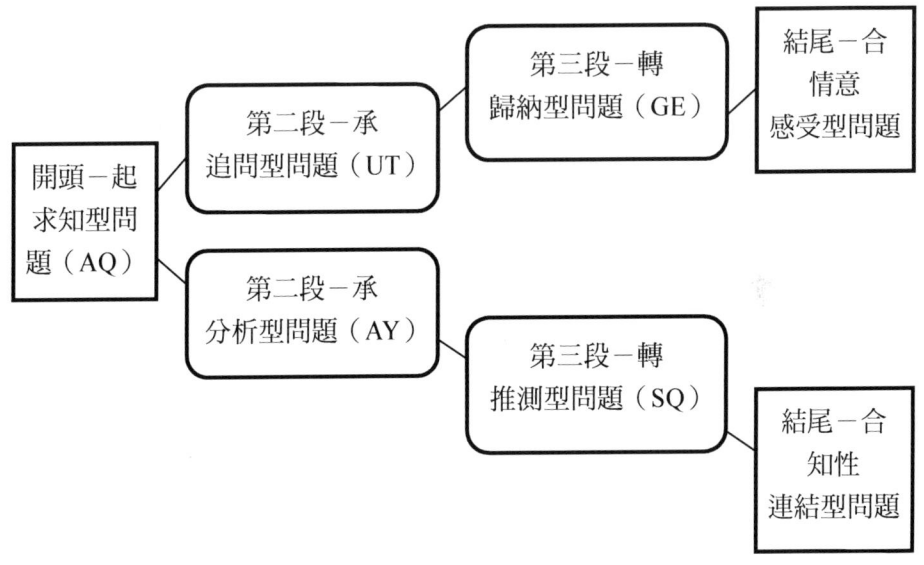

寫作結構對應深度討論提問類型

美國讀寫教育模式之讀寫應用

一　讀寫教育應用模式

　　美國讀寫教育模式中對於「理想的讀寫訓練與作業設計」，是「跨科技讀寫」[1]。所以本書參酌了《美國讀寫教育——六個學習現場，六場震撼》對美國讀寫教學的內容，設計了以「讀寫」為核心的訓練模式：

閱讀理解	A.分析式閱讀	文章用了哪些文字、如何描述那這些地方看起來很真實？作者如何敘述他的說法，讓文章很有說服力？ 故事說的是什麼？為什麼會這樣？裡面的角色應該怎麼辦？
	B.敘事觀點分析	你覺得作者為什麼選擇「這個人或物」，而不是「另外的人或物」來作為本文的主要角色？
寫作練習	C.申論寫作練習	讀完文章後，你覺得什麼是「○○○」？
	D.科普寫作練習	在大自然中，你可以查一查，故事中的這些動植物，應該住在哪裡、有什麼生活習性？
	E.創意寫作練習	如果讓你來寫這篇文章，你會選擇「什麼」來當主角，然後你想給予它什麼遭遇，為什麼？

　　教學者可以依循上表的模式以及後面教學引導的範例，自行選擇文本，擇取 A～E 其中一項，讓學習者進行表達及書寫練習。

---

[1] 曾多聞：〈閱讀與寫作，其實是學習工具〉，《美國讀寫教育改革教我們的六件事》，頁124-128。

二　六面向寫作檢視評量標準參考

美國國家寫作計畫在二〇〇四年提出六面向來引導學習者寫作，本書以此設計在讀寫訓練後，供教學者檢驗學習者學習成就時的「檢視與評量標準」。

六面向寫作教學法		六面向評量指標	得分	
主張	文章的中心思想是什麼？	能否完整說明文章之主旨與大意？	完整準確 部分提及 論述偏離	A:7~9分 B:4~6分 C:0~3分
組織	如何安排文章結構來表現主張？	能否完整「描寫主題」、「解釋意義」、「反向思考」、「延伸連結」？	完整準確 部分達成 敘述缺乏	A:7~9分 B:4~6分 C:0~3分
聲音	角色有誰？該用何種語氣來跟他們溝通，讓文章更生動？	能否完整描述內容角色，並使用符合該角色之語氣，進行描述？	完整符合 部分符合 描述偏離	A:7~9分 B:4~6分 C:0~3分
用詞	要選用那些詞語來說話？	能否使用正確的「詞語」來表達意思？（此處於初階部分，只要求詞語意思而非字形書寫之正確）	完整正確 部分符合 用詞偏誤	A:7~9分 B:4~6分 C:0~3分
句法	檢查看看句子是否通順？	能否正確使用合適的「句子」表達正確的意思？	完整正確 部分符合 句法偏誤	A:7~9分 B:4~6分 C:0~3分
規範	文字及文法是否正確？	能否使用正確的注音、漢字及漢語文法進行表達書寫？	完整正確 部分符合 嚴重偏誤	A:7~9分 B:4~6分 C:0~3分

上表不使用加總方式，請教學者針對學習者在各個面向的讀寫情形，個別分析與評量，針對該面向之問題進行輔導，而非加總成績，以總分概括學習者之讀寫程度。

目次

前言：用討論式的表述與書寫帶領閱讀思考 …………………… 1
本書使用說明 …………………………………………………… 5
深度討論教學法（Quality Talk）之讀寫應用 ………………… 7
美國讀寫教育模式之讀寫應用 ………………………………… 15

第一章　初階深度討論學思讀寫素養訓練 …………………… 1

第一類　初階記敘文 ……………………………………… 3
一　文本閱讀：水怪無支祁 ……………………………… 6
二　討論思考：閱讀理解 ………………………………… 9
三　討論思考：討論寫作 ………………………………… 11
四　初階記敘文讀寫習作 ………………………………… 18

第二類　初階說明文 ……………………………………… 26
一　文本閱讀：南海大蟹戰大蛇 ………………………… 28
二　討論思考：閱讀理解 ………………………………… 30
三　討論思考：討論寫作 ………………………………… 33
四　初階說明文讀寫習作 ………………………………… 42

第三類　初階議論文 ……………………………………… 50
一　文本閱讀：仁鹿放生記 ……………………………… 52
二　討論思考：閱讀理解 ………………………………… 56
三　討論思考：討論寫作 ………………………………… 58

四　初階議論文讀寫習作⋯⋯⋯⋯⋯⋯⋯⋯⋯⋯⋯⋯⋯⋯⋯ 66

第二章　中階深度討論學思讀寫素養訓練⋯⋯⋯⋯⋯ 75

　第一類　中階記敘文⋯⋯⋯⋯⋯⋯⋯⋯⋯⋯⋯⋯⋯⋯⋯⋯ 77
　　一　文本閱讀：楊羨書生⋯⋯⋯⋯⋯⋯⋯⋯⋯⋯⋯⋯⋯ 79
　　二　討論思考：閱讀理解⋯⋯⋯⋯⋯⋯⋯⋯⋯⋯⋯⋯⋯ 82
　　三　討論思考：討論寫作⋯⋯⋯⋯⋯⋯⋯⋯⋯⋯⋯⋯⋯ 84
　　四　中階記敘文讀寫習作⋯⋯⋯⋯⋯⋯⋯⋯⋯⋯⋯⋯⋯ 91
　第二類　中階說明文⋯⋯⋯⋯⋯⋯⋯⋯⋯⋯⋯⋯⋯⋯⋯⋯ 99
　　一　文本閱讀：李寄斬蛇⋯⋯⋯⋯⋯⋯⋯⋯⋯⋯⋯⋯ 101
　　二　討論思考：閱讀理解⋯⋯⋯⋯⋯⋯⋯⋯⋯⋯⋯⋯ 104
　　三　討論思考：討論寫作⋯⋯⋯⋯⋯⋯⋯⋯⋯⋯⋯⋯ 106
　　四　中階說明文讀寫習作⋯⋯⋯⋯⋯⋯⋯⋯⋯⋯⋯⋯ 115
　第三類　中階議論文⋯⋯⋯⋯⋯⋯⋯⋯⋯⋯⋯⋯⋯⋯⋯ 123
　　一　文本閱讀：一行法師捉北斗⋯⋯⋯⋯⋯⋯⋯⋯⋯ 125
　　二　討論思考：閱讀理解⋯⋯⋯⋯⋯⋯⋯⋯⋯⋯⋯⋯ 128
　　三　討論思考：討論寫作⋯⋯⋯⋯⋯⋯⋯⋯⋯⋯⋯⋯ 130
　　四　中階議論文讀寫習作⋯⋯⋯⋯⋯⋯⋯⋯⋯⋯⋯⋯ 137

第三章　高階深度討論學思讀寫素養訓練⋯⋯⋯⋯ 145

　第一類　高階記敘文⋯⋯⋯⋯⋯⋯⋯⋯⋯⋯⋯⋯⋯⋯⋯ 148
　　一　文本閱讀：薛偉變魚記⋯⋯⋯⋯⋯⋯⋯⋯⋯⋯⋯ 151
　　二　討論思考：閱讀理解⋯⋯⋯⋯⋯⋯⋯⋯⋯⋯⋯⋯ 155
　　三　討論思考：討論寫作⋯⋯⋯⋯⋯⋯⋯⋯⋯⋯⋯⋯ 157
　　四　高階記敘文讀寫習作⋯⋯⋯⋯⋯⋯⋯⋯⋯⋯⋯⋯ 164
　第二類　高階說明文⋯⋯⋯⋯⋯⋯⋯⋯⋯⋯⋯⋯⋯⋯⋯ 173

一　文本閱讀：廉廣的五彩筆……………………………………175
　　二　討論思考：閱讀理解…………………………………………178
　　三　討論思考：討論寫作…………………………………………180
　　四　高階說明文讀寫習作…………………………………………187
　第三類　高階議論文……………………………………………………196
　　一　文本閱讀：蘇無名探案………………………………………198
　　二　討論思考：閱讀理解…………………………………………202
　　三　討論思考：討論寫作…………………………………………204
　　四　高階議論文讀寫習作…………………………………………211

結語………………………………………………………………………221

參考文獻…………………………………………………………………223

第一章
初階深度討論學思讀寫素養訓練

說明

　　本單元為深度討論學思讀寫素養訓練的基礎部分。以美國讀寫教育在二〇一〇年所訂定的共同核心標準（Common Core Standard）要求學習者學習的三種主要文體「記敘文」、「說明文」、「議論文」為訓練文體，選擇中國古代經典故事中敘事說明較簡單，思考較淺明的篇章，改寫成語體文，提供教學者帶領孩子閱讀，並且透過討論、提問、搜查、探究等模式，引領學習者閱讀後進行思考、提問與討論，此部分不要求學習者進行完整的書寫，而是偏重在閱讀後的理解與思辨。**美國讀寫教育要求之讀寫文體及學習目標——「一、第二級」，本書則以中文使用者的程度分為第一級、第二級（依此進階排序）。**

（一）完成「記敘文」

　第一級：能描述文章故事中事情的發生順序，解釋前因後果，並合理結尾。

　第二級：能描述事件細節，說明前因後果或創造角色和場景，運用對話及描述角色的行動、思想、感受，練習使用動詞，有合理結局。

(二) 完成「說明文」

第一級：能告訴讀者所陳述的主題，能舉例一項以上與該主題有關的訊息並結論。

第二級：能介紹主題及相關的資訊，包括事實、定義與細節並提出結論。

(三) 完成「議論文」

第一級：能告訴讀者所論述的文章題目和內容大意，以及作者對文章的感想並提出原因支持自己的感想。

第二級：能介紹主題、提出觀點，並能有組織的陳述原因。能正確使用連接詞（例如：因為、所以、既然）來連接原因與觀點，且能提出結論。

（節錄改寫自曾多聞：〈美國學校各年級實施讀寫教育的教學目標與時數〉，《美國讀寫教育——六個學習現場，六場震撼》，頁189-220。）

第一類　初階記敘文

　　記敘文體的學習重點，在於培養學習者在閱讀文章時的觀察力。因為只要能具備一定的觀察力，則對於理解能力和未來寫作時的表述能力都能有顯著的幫助。

　　在這個基礎階段的記敘文學思讀寫目標，在於「學習觀察文章中提到的各種人事物」，進一步學習這些人事物的「形容」與「描寫」使用的文字和詞語。

　　初階部分的記敘文素養訓練和「十二年國民基本教育課程綱要」中「語文領域—國語文」之「第一學習階段」的「聆聽」、「口語表達」、「閱讀」與「寫作」要求相符應，也是重新建構中學以上至大學思辨寫作能力的初階基礎。

　　「聆聽」在於培養學習者能夠「1-I-1養成專心聆聽的習慣，尊重對方的發言」、「1-I-2能學習聆聽不同的媒材，說出聆聽的內容」、「1-I-3能理解話語、詩歌、故事的訊息，有適切的表情跟肢體語言」的學習表現。此部分由教學者帶領學習者，閱讀故事文本，然後擷取敘述性質的片段，例如：「頭上有長長的白毛、大大的雪白色的牙齒、金黃色的爪子，蹲下來的樣子像猿猴，兩隻眼睛好像沒有睡飽一樣睜不開。」並請學習者試著用圖畫方式描繪出來，以檢視其理解程度。

　　再者結合「口語表達」欲培養學習者「2-I-2說出所聽聞的內容」和「2-I-3與他人交談時，能適當的提問、合宜的回答，並分享想法」的學習表現，由教學者引導學習者用自己的話語，描述故事中的怪物形象，並且和同學們「討論」及分享自己對角色的看法。

　　第三則是著重在「閱讀」，以「5-I-3讀懂與學習階段相符的文本」的學習表現為主軸，藉由教學者的帶領，讓學習者「5-I-4了解文

本中的重要訊息與觀點」，並且「5-I-7運用簡單的預測、推論等策略，找出句子和段落明示的因果關係，理解文本內容」，最後達成「5-I-9能喜愛閱讀，並樂於與他人分享閱讀心得」的學習表現。

　　最終作為初階的寫作練習的前端基礎準備，讓學習者在閱讀文本中，能觀察文章中對於：

一、「局部的描述」，例如「雪白色的牙齒、金黃色的爪子」。

二、「形體的描述」，例如「鎖著一頭長得很像猿猴的怪獸，大概有五丈高」。

三、「動作的描述」，例如「怪獸大了一個大哈欠，伸伸懶腰，突然睜開雙眼」。

四、「人擬動物化、動物擬人化」，例如「鎖在龜山的山腳下，幫忙管理淮水」。

等未來寫作時的技巧觀察。

　　就文章結構本身，由於第一學習階段尚不需進行完整篇章的練習，教學者和學習者可以透過「深度討論七大問題提問」的互動練習，引導學習者在閱讀理解故事後，自我提出各種類型的疑問，將「描寫」—「反思」—「感受」的寫作布局，以深度討論式的問題進行思考提問訓練：

一、關於「描寫」的內涵轉化成問題，例如「這個怪物，是在什麼時候被發現的，長的什麼樣子，為什麼會被發現呢，為什麼長這樣呢？（追問型問題／UT）」

二、關於「反思」的思考以問題進行引導，例如「如果這隻怪物，其實是一個好的怪物的話，那麼會發生什麼樣的事件呢？（推測型問題／SQ）」

三、最後訓練學習者對寫作時的「感受」，進行延伸、擴大的問題引導，例如「你覺得這隻妖怪的個性、樣子，有沒有和你自己

曾經看過或遇過的動物很相似,你覺得那個動物給你的感覺如何?(感受型問題/AF)」

本書透過訓練學習者在「閱讀」後,提出「問題」,和教學者與同儕「討論」,以加深「理解」,並且在提問過程中,自然而然形成組織文章的布局能力。

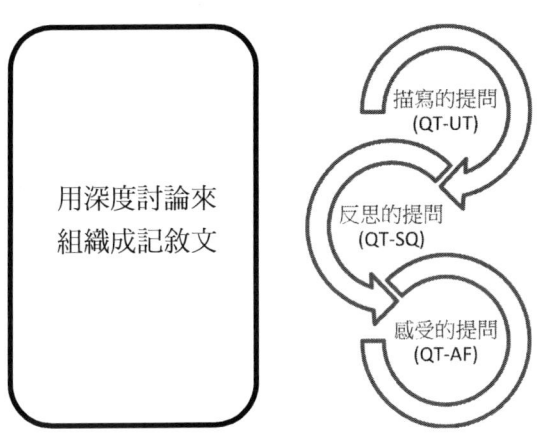

記敘文深度討論提問寫作層次

一　文本閱讀：水怪無支祁

【原文】

　　貞元丁丑歲[註一]，隴西[註二]李公佐泛瀟湘蒼梧。偶遇征南從事[註三]弘農楊衡，泊舟古岸，淹留佛寺，江空月浮，徵異話奇。楊告公佐云：「永泰[註四]中，李湯任楚州[註五]刺史時，有漁人，夜釣於龜山[註六]之下。其釣因物所制，不復出。漁者健水，疾沉於下五十丈。見大鐵鎖，盤繞山足，尋不知極。遂告湯。湯命漁人及能水者數十，獲其鎖，力莫能制。加以牛五十餘頭，鎖乃振動，稍稍就岸。時無風濤，驚浪翻湧。觀者大駭。鎖之末見一獸，狀有如猿，白首長髯，雪牙金爪，闖然上岸，高五丈許。蹲踞之狀若猿猴。但兩目不能開，兀若昏昧。目鼻水流如泉，涎沫腥穢，人不可近。久，乃引頸伸欠，雙目忽開，光彩若電。顧視人焉，欲發狂怒。觀者奔走。獸亦徐徐引鎖拽牛，入水去，竟不復出。時楚多知名士。與湯相顧愕慄，不知其由爾。乃漁者時知鎖所，其獸竟不復見。」

　　公佐至元和[註七]八年冬，自常州餞送給事中孟簡至朱方，廉使薛公蘋館待禮備。時扶風馬植，范陽盧簡能，河東裴蘧，皆同館之，環爐會語終夕焉。公佐復說前事，如楊所言。至九年春，公佐訪古東吳，從太守元公錫泛洞庭；登包山，宿道者周焦君廬。入靈洞，探仙書。石穴問得古《岳瀆經》[註八]第八卷，文字古奇，編次蠹毀，不能解。公佐與焦君共詳讀之：「禹理水，三至桐柏山，驚風走雷，石號木鳴，五伯擁川，天老肅兵，不能興。禹怒，召集百靈，搜命夔龍。桐柏千君長稽首請命。禹因囚鴻蒙氏，章商氏，兜盧氏，犁婁氏。乃獲淮渦水神，名無支祁[註九]，善應對言語，辨江淮之淺深，原隰之遠近。形若猿猴，縮鼻高額，青軀白首，金目雪牙。頸伸百尺，力逾九

象，搏擊騰踔疾奔，輕利儵忽，聞視不可久。禹授之章律，不能制；授之鳥木由，不能制；授之庚辰，能制。鴟脾桓木魅水靈山祇石怪，奔號聚繞，以數千載。庚辰[廿十]以戰逐去。頸鎖大索，鼻穿金鈴，徙淮陰之龜山之足下。俾淮水永安流注海也。庚辰之後，皆圖此形者，免淮濤風雨之難。」即李湯之見，與楊衡之說，與《岳瀆經》符矣。

　　　　錄自〔唐〕李公佐〈古嶽瀆經〉

【翻譯】

　　貞元丁丑年，李公佐泛舟於瀟湘、蒼梧一帶，偶然遇到在任的征南從事楊衡。兩人停船於古岸佛寺，月色皎潔，江面空曠，楊衡講述了一段奇異的經歷。

　　永泰年間，李湯任楚州刺史時，有位漁夫在夜裡於龜山下垂釣，釣具被纏住，無法收回。漁夫潛入水下五十丈，發現一條大鐵鎖纏繞山腳，無法找到盡頭，於是報告李湯。李湯命漁夫與數十名潛水能手嘗試拉鎖，但都無法成功，最後又加上五十多頭牛，才把鎖拉到岸邊。突然，鎖的末端牽出一頭怪獸，狀似猿猴，滿頭白髮，長髯，金爪雪牙，高約五丈，蹲踞在岸邊。這怪獸雙眼緊閉，眼鼻之間不斷流出腥臭液體，沒有人敢靠近。過了一會兒，怪獸突然伸長脖子打哈欠，雙眼猛然睜開，眼中閃電般的光芒令人驚駭。牠望向人群，似乎要發狂怒，圍觀者嚇得四散奔逃。最後，怪獸拉著鐵鎖和牛隻慢慢潛入水中，再也沒有出現過。當時楚地的名士與李湯都對這一幕感到驚愕，不知這是何怪物。只有那位漁夫知曉鐵鎖的位置，但怪獸自此不再現身。

　　元和八年冬，李公佐從常州送別給事中孟簡，薛公蘋款待他們，當晚有多位士人圍爐談話，李公佐重提這段故事。到了次年春，李公佐遊訪東吳，跟隨太守元公錫遊覽洞庭湖，登上包山，夜宿道士周焦

的居所,進入靈洞探尋古籍。他們發現了一卷破損的《岳瀆經》,內容記載大禹治水時的奇事:大禹三次至桐柏山,天神五伯無法平息洪水。大禹憤怒,召集百靈,捕獲了淮河水神無支祁。無支祁形如猿猴,力大無窮,能言善辯,熟悉江淮地理。大禹用了多種法術都無法制伏牠,最後以「庚辰之術」成功將牠鎮住,並囚禁在淮陰的龜山山腳,保證淮水永遠安流入海。此記載與李湯所見的怪獸相符,證明這就是傳說中的無支祁。

改寫自《經典中國童話》之〈水怪無支祁〉

【註釋】

註 一、貞元丁丑歲:貞元是唐朝德宗的年號,丁丑是干支紀年,這裡指貞元四年(西元788年)。

註 二、隴西:中國古代的地名,指現在的甘肅一帶,這裡是李公佐的籍貫。

註 三、征南從事:官職名稱,指楊衡當時擔任征南使司的從事官。

註 四、永泰:唐代宗年號,永泰年間是西元七六五年到七六六年。

註 五、楚州:古代的行政區域,指今天的江蘇淮安一帶。

註 六、龜山:山名,位於淮水中,是傳說中的神秘地點。

註 七、元和:唐憲宗的年號,元和八年指西元八一三年。

註 八、《岳瀆經》:古代記載山川水域神靈的書籍,文中提到的《岳瀆經》是虛構的。

註 九、無支祁:古代傳說中的水神,形象類似猿猴,曾被大禹鎮壓。

註 十、庚辰:干支之一,傳說庚辰之術是一種鎮壓神靈的法術。

二　討論思考：閱讀理解

（一）分析式閱讀

　　請從上面「水怪無支祁」的故事裡面，找出作者怎麼描寫「無支祁」的樣子的。請將在描寫「無支祁」的詞語，找出來，大家可以互相搶答，看誰找得多：

無支祁的長相描寫	無支祁的能力描寫	試著畫出無支祁的樣子

（二）敘事觀點分析

你覺得為什麼故事要用「李公佐」這個人，去聽人家說「水怪無支祁」的故事，然後再自己從古書中讀到「無支祁」的故事，而不是直接讓「無支祁」當主角，直接描寫「無支祁」就好呢？

請想想看	請問，如果我們想要讓「水怪無支祁」好像是一個真實存在的怪物， A.那麼是用一個人聽過和看過比較有真實感？ B.還是直接就說有這隻怪物，牠長得怎麼樣，住在哪裡？ 你覺得哪一個比較像是真的呢？
	如果你選A，為什麼？
	如果你選B，為什麼？

【故事偵探】

李公佐發現「無支祁」的第一條線索聽「誰」說？	李公佐發現「無支祁」的第二條線索從哪本「書」看到的？

三　討論思考：討論寫作

（一）申論寫作練習

　　讀完故事後，你覺得「無支祁」為什麼會被鐵鎖鍊鎖在龜山山腳下的水裡呢？

請想想看	請把你發現的原因找出來，填在下面空格

（二）科普寫作練習

在大自然中，你覺得「水怪無支祁」應該住在哪？可能是哪一類生物呢？

請想想看	請你想一下「無支祁」可能是自然中哪一類的生物，然後為牠找一個適合牠居住地方。這個地方要有什麼條件，才適合牠，請盡量思考！

（三）創意寫作練習

　　如果讓你來寫這篇故事，你會選擇什麼樣的「怪物」來當主角，為什麼？

請想想看	請你創造一下，屬於你自己故事中的「怪物」的樣子，請給牠一個「名字」？為什麼你想要牠是這種樣子的怪物呢？ 跟大家說說看。畫出牠的樣子來吧！
	A.牠的名字叫什麼？
	B.牠有什麼樣子（五官、顏色、動作、能力……）？
	C.請試著畫出牠的樣子

（四）深度討論提問寫作結構

請把前面的練習，寫成一篇屬於你自己或者大家一起創作的文章。

首先，我們把剛剛每個人創作的「怪物」，討論選擇出一個來做為你或大家的文章主題。然後，我們先問七個問題，再回答問題，接著文章就寫出來囉！

【文章結構】

題目	
開　頭—起 求知型問題（AQ）	討論提問：（此部分由教學者引導提問） 例如：這篇文章，想說什麼樣的怪物？ ───────────────────── 問題：（此部分由教學者請學習者練習提問） 回答：
第二段—承 追問型問題（UT） 請選擇一種提問作為第二段討論提問	討論提問：（此部分由教學者引導提問） 例如：這個怪物，是在什麼時候被發現的，長的什麼樣子，為什麼會被發現呢，為什麼長這樣呢？ ───────────────────── 問題：（此部分由教學者請學習者練習提問） 回答：

題目	
第二段—承 分析型問題（AY） 請選擇一種提問作為第二段討論提問	討論提問：（此部分由教學者引導提問） 例如：根據這個怪物的樣子，你認為牠有什麼樣子的生活習性，牠可能會居住在怎麼樣的地方呢？ 問題：（此部分由教學者請學習者練習提問） 回答：
第三段—轉 歸納型問題（GE） 請選擇一種提問作為第三段討論提問	討論提問：（此部分由教學者引導提問） 例如：這隻怪物，依照上面的描述，牠應該是一隻怎麼樣的怪物呢？可能有什麼好的表現還是壞的事情呢？ 問題：（此部分由教學者請學習者練習提問） 回答：

題目	
第三段—轉 推測型問題（SQ） 請選擇一種提問作為第三段討論提問	討論提問：（此部分由教學者引導提問） 例如：如果這隻怪物，其實是一個好的怪物的話，那麼會發生什麼樣的事件呢？ 問題：（此部分由教學者請學習者練習提問） 回答：
結尾—合—情意 感受型問題（AF） 請選擇一種提問作為第四段討論提問	討論提問：（此部分由教學者引導提問） 例如：你覺得這隻妖怪的個性、樣子，有沒有和你自己曾經看過或遇過的動物很相似，你覺得那個動物給你的感覺如何？ 問題：（此部分由教學者請學習者練習提問） 回答：

題目	
結尾—合—知性連結型問題（CQ） 請選擇一種提問作為第四段討論提問	討論提問：（此部分由教學者引導提問） 例如：你有沒有在其他什麼故事看過類似這種妖怪，牠和我們自己的故事中的妖怪可能有什麼關係呢？ 問題：（此部分由教學者請學習者練習提問） 回答：

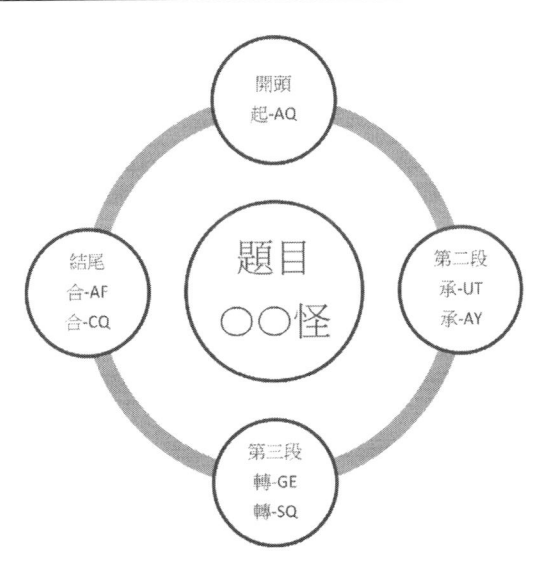

深度討論問題組成文章模式

請教學者協助同學們，先進行討論練習，然後透過這些練習，組織成文章。

四　初階記敘文讀寫習作

（一）閱讀文本

1　偃師造假人

　　周朝時期，周穆王到西方巡視，越過崑崙山，在快接近傳說中太陽落下的弇（一ㄢˇ）山時便折返回國。在回國的途中遇到了一位名叫偃師的人，他是一位工匠。穆王詢問他：「你有沒有什麼特別的才能啊？」偃師回答：「啟稟大王，我可以製作任何您想得到的東西。我剛好製造完成一件作品，希望您看看。」

　　第二天偃師來拜見周穆王時，身旁站著另一個人。偃師告訴穆王這就是他剛剛完成的假人，它能夠表演各種技藝。果真，偃師讓假人走路、彎腰、仰頭，它的動作就跟真人一樣，沒有差別。輕輕地搖他的下巴，假人便唱起歌來，歌聲就像黃鶯出谷般，非常悅耳好聽；撥弄一下它的手關節，它便手舞足蹈跳起舞來，靈活的動作，節奏感十足。

　　周穆王和他寵愛的妃子們一起欣賞著假人千變萬化的表演。沒想到表演快結束時，假人那像鳥蛋般的眼睛，轉動著向穆王最寵愛的侍妾眉目傳情。看到這一幕，穆王忘了他是假人而大發雷霆。因為如此，穆王認為是偃師的過錯，決定處罰他。這時候偃師嚇得趕緊把假人拆解，將一個個零件給穆王看，假人體內有肝臟、心臟、膽囊、腎臟、脾臟、大腸、小腸、胃臟；體表則有血管、骨頭、四肢、關節、皮膚、毛髮、牙齒等。原來都是用木頭、皮革、樹膠、生漆等原料製作的，組裝完成後在塗上白、黑、紅、藍等顏色。

　　穆王命令偃師摘掉假人的心，它就不會說話；摘掉它的肝，就看不到東西；摘掉它的腎，它就連路都不會走了。

改寫自〔戰國〕列禦寇《列子》

2 姑獲鳥的羽衣

　　姑獲鳥是一種晚上飛翔，白天躲藏，像是鬼神一樣的飛禽。傳說這種鳥穿上羽毛衣的時候是飛鳥，脫下時就變成女人的樣子。人們稱呼牠叫天帝之女、夜行遊女、鉤星、隱飛等名字。因為這種鳥沒有生育子女，所以牠們喜歡搶奪人間的小孩當成自己的子女養育。

　　民間傳說晚上不要把孩子的衣服晾在屋外，因為這樣姑獲鳥在夜間飛行時，看到小孩的衣服，就會用血點在上面做標記，然後不久小孩子就會被牠給搶走。因此世人為這種鳥取名叫「鬼鳥」，聽說在長江中游的荊州很常見。

　　從前在豫章郡這個地方有位男子，看見田中有六、七個女子。他偷偷地趴著在田地爬行，看到了羽衣就拿走了其中一件。就在那時，驚動了這些女子，她們嚇得趕緊穿上羽衣，變成鳥飛走了。只有一位因為找不到羽衣的女子無法飛走，於是便留下來，還跟男子結婚生下三個女兒。

　　日子一久，女兒們慢慢長大，這個母親便指使女兒向父親撒嬌，問出羽衣藏在房屋後倉庫的稻草堆裡，於是母親就穿上羽衣往天上飛去。隨後不久，她又帶著羽衣回來讓三位女兒穿上，母女四人都化成姑獲鳥一起飛走，不知道到哪裡去了？

改寫自〔東晉〕郭璞《玄中記》

（二）申論寫作練習學習單

文本	偃師造假人	姑獲鳥的羽衣
申論	讀完文章後，你覺得假人為什麼那麼像真的人一樣呢？	讀完文章後，你覺得為什麼男子不告訴他的妻子羽衣藏在哪裡呢？
練習 初階學習者，可以使用口語或注音等方式，進行回應討論		

(三) 科普寫作練習學習單

文本	偃師造假人	姑獲鳥的羽衣
科普	讀完文章後，請你調查一下，人體是由哪些器官和組織構成的呢？	讀完文章後，請你調查一下，大自然中有哪些鳥是夜晚活動的呢？
練習 初階學習者，可以使用口語或注音等方式，進行回應討論		

（四）創意寫作練習學習單

文本	偃師造假人	姑獲鳥的羽衣
創意	讀完文章後，請你創造屬於你自己的假人，描述它具有哪些構造？	讀完文章後，請你選擇你喜歡的一種鳥，描述她的樣子和習性？
練習 初階學習者，可以使用口語或注音等方式，進行回應討論		

(五)深度討論提問討論學習單

小組討論單 1

次序	文本	偃師造假人	問題類型
	提問者	問題內容記錄（小組討論時，請記錄大家的問題）	由教學者引導協助註記
			參考 AQ 求知型 UT 追問型 AY 分析型 GE 歸納型 SQ 推測型 AF 感受型 CQ 連結型 TQ 測試型 避免出現，建議引導修正

小組討論單 2

次序	文本	姑獲鳥的羽衣	問題類型
	提問者	問題內容記錄（小組討論時，請記錄大家的問題）	由教學者引導協助註記
			參考 AQ 求知型 UT 追問型 AY 分析型 GE 歸納型 SQ 推測型 AF 感受型 CQ 連結型 TQ 測試型 避免出現，建議引導修正

組織文章

請擇取一篇模擬題意，進行記敘文練習

題目	評量	等第	得分
	主張	A:7~9分 B:4~6分 C:0~3分	
	組織	A:7~9分 B:4~6分 C:0~3分	
	聲音	A:7~9分 B:4~6分 C:0~3分	
	用詞	A:7~9分 B:4~6分 C:0~3分	
	句法	A:7~9分 B:4~6分 C:0~3分	
	規範	A:7~9分 B:4~6分 C:0~3分	

第二類　初階說明文

　　說明文的文體，著重於培養學習者對於文章內容訊息的擷取，並且在閱讀理解後，有能力「增加說明內容」。

　　初階部分的說明文素養訓練和「十二年國民基本教育課程綱要」中「語文領域—國語文」之「第一學習階段」的「口語表達」、「閱讀」與「寫作」要求相符應，也是重新建構中學以上至大學思辨寫作能力的初階基礎。

　　本說明文藉由「提問討論」的訓練，能應合「口語表達」在於培養學習者「2-I-2說出所聽聞的內容」和「2-I-3與他人交談時，能適當的提問、合宜的回答，並分享想法」的素養指標。

　　再者，透過美國讀寫教學模式的閱讀訓練，則能夠達到「閱讀」素養的「5-I-4了解文本中的重要訊息與觀點」和「5-I-6利用圖像、故事結構等策略，協助文本的理解與內容重述」，例如「分析式閱讀：文章裡面用了什麼樣的文字，來描寫荒島上的山神和海神，請把它找出來和畫出來」的指標要求。

　　最後，作為中年級寫作練習的前哨站，本部分符應了「第一學習階段」的「寫作」素養中「6-I-3寫出語意完整的句子、主題明確的段落」和「6-I-4使用仿寫、接寫等技巧寫作」的學習表現指標要求。

　　在本部分的說明文學思讀寫訓練中，引導學習者進行：
　一、「局部的比喻練習」，例如「請試著用『比喻』的方法，發揮你的想像力，來形容故事中『山神』和『海神』的樣子」。
　二、「用抽象形容具體」，例如「長長的、慵懶的山脈」。
文章結構布局的訓練上，則只需要在引導學習者閱讀理解時，透過深度討論的方式，使學習者能夠了解「主題」—「反思」—「連結」的

文章脈絡：
　　一、「主題」，例如「這篇文章，想說什麼樣的小島？（求知型問題／AQ）」
　　二、「反思」，例如「假如大蟹沒有打敗大蛇的話，船上的人會如何？（推測型問題／SQ）」
　　三、「連結」，例如「你有沒有讀過相關的故事和這篇故事很相似的，哪些相似呢？（連結型問題／CQ）」
透過以上的提問討論，試著引導學習者進行整體文章脈絡的思考，培養未來進入寫作時的思維習慣。

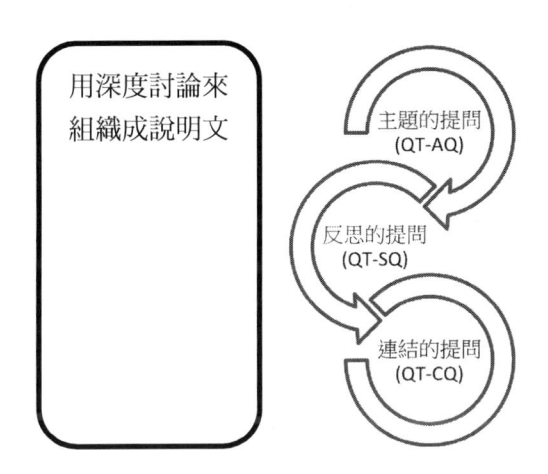

說明文深度討論提問寫作層次

一　文本閱讀：南海大蟹戰大蛇

【原文】

　　近世有波斯[註一]。常云，乘舶泛海，往天竺國[註二]者已六七度。其最後，舶漂入大海，不知幾千里，至一海島。島中見胡人[註三]衣草葉，懼而問之，胡云：「昔與同行侶數十人漂沒，唯己隨流，得至於此。因爾採木實草根食之。得以不死」其眾哀焉。遂舶載之，胡乃說。島上大山悉是車渠[註四]瑪瑙玻瓈[註五]等諸寶，不可勝數。舟人莫不棄己賤貨取之。既滿船，胡令速發，山神[註六]若至，必當懷惜。於是隨風挂帆。行可四十餘里，遙見峯上有赤物如蛇形。久之漸大。胡曰：「此山神惜寶，來逐[註七]我也，為之奈何。」舟人莫不[註八]戰懼。俄見兩山從海中出，高數百丈，胡喜曰：「此兩山者，大蟹螯[註九]也。其蟹常好與山神鬪。神多不勝，甚懼之。今其螯出，無憂矣。」大蛇尋至蟹許。盤鬪[註十]良久。蟹夾蛇頭，死於水上，如連山。船人因是得濟也。

錄自〔唐〕戴孚《廣異記》

【翻譯】

　　近代有一位波斯人，曾多次乘船渡海，前往天竺國，約有六七次。最後一次航行中，船被風浪捲入大海，飄流了幾千里，最終到達一個海島。在島上，他們遇到一位穿著草葉的胡人，心中恐懼便問他來歷。胡人說，自己以前與幾十名同伴一起遇難沉船，只有他被海浪帶到這個島上。依靠吃樹上的果實和草根，他得以生存。波斯人和船員聽後都為他感到悲傷，於是讓他上船。胡人告訴他們，島上的大山全部是車渠、瑪瑙、玻璃等珍寶，數不勝數。船員們見狀，紛紛丟掉

自己廉價的貨物，裝滿珍寶。胡人見船已裝滿，急忙催促他們趕快離開，因為山神若發現，必然會追趕不放。於是他們隨風揚帆出發。

行駛了四十多里後，遠遠望見山頂有紅色的物體，形狀像蛇，漸漸變得巨大。胡人說：「這是山神心疼寶物，追來了，該怎麼辦呢？」船員們無不驚慌。忽然，海中出現兩座高達數百丈的山，胡人喜道：「這兩座山是大螃蟹的螯。這螃蟹常與山神爭鬥，山神經常輸給螃蟹，十分害怕牠。現在看到螃蟹的螯出現，無需擔心了。」大蛇很快追到了螃蟹那裡，兩者纏鬥了許久，最終螃蟹夾住了蛇的頭，把牠殺死在水面上，像連綿的山脈一樣。船員們因此得以脫險。

改寫自《經典中國童話》之〈南海大蟹與山神〉

【註釋】

註　一、波斯：古代中亞和西亞地區的國名，這裡指的是波斯人。

註　二、天竺國：指古代的印度或南亞地區。

註　三、胡人：古代對西域或外族人的稱呼，這裡指島上生存的外國人。

註　四、車渠：一種名貴的貝殼，可用作珠寶和裝飾品。

註　五、玻瓈：即玻璃，這裡指一種珍貴的裝飾品。

註　六、山神：指守護海島的神靈，掌控珍寶的神靈。

註　七、逐：追逐、跟隨，這裡指山神追趕船隻。

註　八、莫不：古文中表達「無不」的意思，指沒有一個例外。

註　九、蟹螯：螃蟹的大鉗子，這裡指海中的巨大螃蟹。

註　十、盤鬪：指纏繞在一起激烈戰鬥。

二　討論思考：閱讀理解

（一）分析式閱讀

　　文章裡面用了什麼樣的文字，來描寫荒島上的山神和海神，請把它找出來和畫出來。

山神的描述	海神的描述
請用畫筆，畫出故事中山神的樣子	請用畫筆，畫出故事中海神的樣子

【比喻練習】

請試著用「比喻」的方法,發揮你的想像力,來形容故事中「山神」和「海神」的樣子。

山神的比喻	海神的比喻
例如:山神像一條赤紅色長蛇。 山神像一條吞下一頭海象的大蟒蛇。 山神像	例如:海神像一隻咖啡色的大螃蟹。 海神的兩隻螯,像兩座大山一樣。 海神像
山神像	海神像
山神像	海神像

（二）敘事觀點分析

你覺得作者為什麼要用「波斯國的商人」來說這個「島」的故事呢？

請想想看	請問，如果我們想要讓「島」的故事聽起來好像有那麼一回事， A.那麼是用一個沒搭過船的唐朝人來說？ B.還是請一個有飄洋過海經驗的波斯商人來說？ 你覺得哪一個會讓人比較想相信他的故事呢？
	如果你選A，為什麼？
	如果你選B，為什麼？

三　討論思考：討論寫作

（一）申論寫作練習

　　讀完故事後，請說明一下，島上的「外國人」是怎麼存活下來的呢？

請想想看	請把你發現的原因找出來，填在下面空格

（二）科普寫作練習

請說明一下，南海大蟹和大蛇，可能是屬於什麼種類的生物，請試著查查動物圖鑑，比對一下牠們生存的氣候、地區和樣子，紀錄在下表中：

山神──大蛇	海神──大蟹
生存的地區、環境、氣候	
生物的特徵和特性，可能是「　　　」	生物的特徵和特性，可能是「　　　」

（三）創意寫作練習

如果讓你來當那位波斯商人，你會想要跟大家說什麼「飄洋過海」的故事？

請想想看	請你創造一下，屬於你自己故事中的「島」和「外國人」以及「山神」與「海神」？
	A.這個島是一個怎麼樣的島？
	B.島上生存的人是個怎麼樣的人，他怎麼在島上生存的？
	C.島上的「山神」和海上的「海神」是長得像什麼的生物，有什麼特徵？

請想想看	請你創造一下，屬於你自己故事中的「島」和「外國人」以及「山神」與「海神」？
	D.請試著畫出故事中的島、人、船、山神、海神！

（四）深度討論提問寫作結構

請把前面的練習，寫成一篇屬於你自己或者大家一起創作的文章。

首先，我們先討論決定一個小島，作為你或大家的文章主題。然後，我們先問七個問題，再回答問題，接著文章就寫出來囉！

【文章結構】

題目	
開　頭—起 求知型問題（AQ）	討論提問：（此部分由教學者引導提問） 例如：這篇文章，想說什麼樣的小島？ ――――――――――――――――― 問題：（此部分由教學者請學習者練習提問） 回答：

第二段—承 追問型問題（UT） 請選擇一種提問作為第二段討論提問	討論提問：（此部分由教學者引導提問） 例如：在這個島上有哪些動植物？ - 問題：（此部分由教學者請學習者練習提問） 回答：
第二段—承 分析型問題（AY） 請選擇一種提問作為第二段討論提問	討論提問：（此部分由教學者引導提問） 例如：根據這個島上的生存者的說法，他可能依靠什麼方法生存在島上？ - 問題：（此部分由教學者請學習者練習提問） 回答：

第三段―轉 歸納型問題（GE） 請選擇一種提問作為第三段討論提問	討論提問：（此部分由教學者引導提問） 例如：島上的環境，可以分為哪些動物和植物呢？ ---- 問題：（此部分由教學者請學習者練習提問） 回答：
第三段―轉 推測型問題（SQ） 請選擇一種提問作為第三段討論提問	討論提問：（此部分由教學者引導提問） 例如：假如大蟹沒有打敗大蛇的話，船上的人會如何？ ---- 問題：（此部分由教學者請學習者練習提問） 回答：

結尾—合—情意感受型問題（AF） 請選擇一種提問作為第四段討論提問	討論提問：（此部分由教學者引導提問） 例如：你覺得如果你漂流到荒島的話，你會怎麼做？ 問題：（此部分由教學者請學習者練習提問） 回答：
結尾—合—知性連結型問題（CQ） 請選擇一種提問作為第四段討論提問	討論提問：（此部分由教學者引導提問） 例如：你有沒有讀過相關的故事和這篇故事很相似的，哪些相似呢？ 問題：（此部分由教學者請學習者練習提問） 回答：

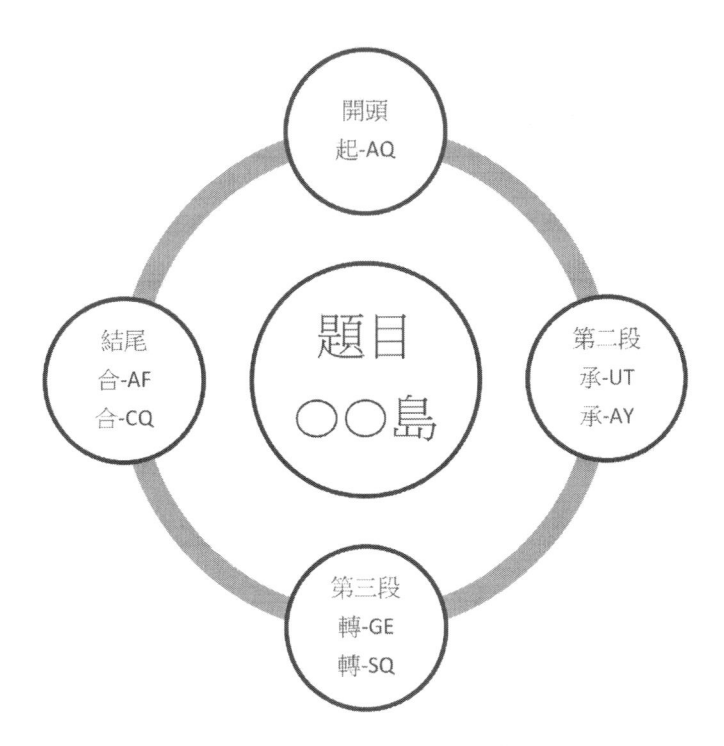

```
              開頭
              起-AQ


  結尾                      第二段
  合-AF        題目         承-UT
  合-CQ        ○○島        承-AY


              第三段
              轉-GE
              轉-SQ
```

深度討論問題組成文章模式

請教學者協助同學們,先進行討論練習,然後透過這些練習,組織成文章。

四 初階說明文讀寫習作

（一）閱讀文本

1 桑樹與蠶

　　上古時期，在一個非常偏遠的地方住著一對父女和一匹公馬。因為女孩的父親出外遠行，女孩在家裡感覺到非常孤獨，所以常常和馬說話。有一次女孩在餵養馬兒的時候，跟牠開玩笑說：「我實在非常想念父親，如果你能夠幫我把父親接回來，我就嫁給你。」忽然間，馬兒掙脫了韁繩往外跑了出去，跑到汗流浹背，好像被雨淋過一樣，直到女孩父親的地方。父親看到了馬又驚又喜，便騎了上去。可是馬兒卻一直忘了跑來的方向，不停地鳴叫，叫聲就像在哭泣一樣。父親想：「馬無緣無故地跑來又往家裡的方向鳴叫，是不是家裡發生了什麼事？」於是便急忙騎著馬，趕回家。

　　一回到家，父親覺得這匹馬兒非常特別，所以更加用心照顧牠，總是餵食更多的草料，但是馬卻不肯吃。每次看到女兒進出家裡，就激動地狂亂鳴叫與踢腳。女孩的父親覺得非常的奇怪，於是詢問女兒到底怎麼一回事。女兒才將那時候對馬兒開玩笑的事情告訴父親。父親聽完以後緊張地責備女兒說：「就算是對動物，也應該要守信，不能亂開玩笑。現在你千萬不要讓外人知道這件事，否則我們可能會受辱，妳這陣子就先待在家不要外出了。」在某一個深夜裡，父親便用弓箭將馬給射死了，還剝下牠的皮放在庭院中晾曬。

　　過了許多天，某一日，父親又外出工作，女孩與鄰居的孩子們在庭院中玩樂，女孩用腳踢了曬在架上的馬皮說：「你是動物，居然想和人類結婚，真是癡心妄想啊！」話才說完，馬皮突然飛了起來，將

女孩包住然後飛走了。其他孩子看到後不知如何是好，只好趕緊告訴女孩的父親。

父親四處搜尋，都找不到女孩的蹤跡。過了幾天，他看到一棵大樹上吊著包裹著女孩的馬皮，變成了蠶繭在樹間結成絲。到最後婦女們將它取下來用作織布的絲線，所收的縣市平常蠶繭的好幾倍。因為這個繭是死去的馬和女孩變成的，所以大家給那棵樹取名叫「桑」，就是「喪」的意思。從此以後，人們都種這種樹，用它的葉子來餵養蠶，取絲織布，直到現在。

改寫自〔東晉〕干寶《搜神記》

2　柏枕奇夢

焦湖縣有座非常有名的廟，不是因為它的建築宏偉或神明很靈驗，而是掌管廟的廟祝有一個柏木做的枕頭，仔細看後面有一個裂開的小孔。

有一個名叫楊林的民眾，因為出外經商而路過這間廟，順便進去上香祈福。廟祝問他說：「你結婚了嗎？可以到柏木枕的裂孔這邊來。」說著，他讓楊林進入孔中。

楊林進入以後，迷迷糊糊地往前看，發現了漆著朱色的大門，用玉雕砌地宮殿和亭子，比他在人間看過的還要華麗漂亮。他進入宮殿拜見了裡面的趙太尉，趙太尉很欣賞他，便將女兒嫁給楊林。他和妻子生了四男二女。後來擔任祕書郎的官職，不久又升官為黃門侍郎。他在裡面簡直開心的沒有想要回家。可是後來卻遭到奸臣的陷害，才匆忙地從裂孔中逃了出來。

廟祝在枕頭邊笑笑地看著他，他才看見那個柏木枕仍放在一旁。楊琳以為已經在枕裡過了很久，但是實際上不過是一會兒的時間罷了。

改寫自〔南朝宋〕劉義慶《幽明錄》

(二) 申論寫作練習學習單

文本	桑樹與蠶	柏枕奇夢
申論	讀完文章後，你覺得女孩為什麼被死去的馬皮給包裹帶走呢？	讀完文章後，你覺得楊林在枕頭裡經歷了生命中的哪些事情呢？
練習 初階學習者，可以使用口語或注音等方式，進行回應討論		

(三) 科普寫作練習學習單

文本	**桑樹與蠶**	**柏枕奇夢**
科普	讀完文章後，你覺得蠶吐絲結繭的過程是什麼樣的呢？	讀完文章後，你覺得枕頭裡面可能裝著什麼樣的時間和空間呢？
練習 初階學習者，可以使用口語或注音等方式，進行回應討論		

(四)創意寫作練習學習單

文本	桑樹與蠶	柏枕奇夢
創意	讀完文章後,你覺得桑樹和蠶的由來,還可以用什麼故事來說明呢?	讀完文章後,請你也來說明一個奇幻的夢境故事吧?
練習 初階學習者,可以使用口語或注音等方式,進行回應討論		

（五）深度討論提問討論學習單

小組討論單 1

次序	文本	桑樹與蠶	問題類型
	提問者	問題內容記錄（小組討論時，請記錄大家的問題）	由教學者引導協助註記
			參考 AQ 求知型 UT 追問型 AY 分析型 GE 歸納型 SQ 推測型 AF 感受型 CQ 連結型 TQ 測試型 避免出現，建議引導修正

小組討論單 2

次序	文本	柏枕奇夢	問題類型
	提問者	問題內容記錄（小組討論時，請記錄大家的問題）	由教學者引導協助註記
			參考 AQ 求知型 UT 追問型 AY 分析型 GE 歸納型 SQ 推測型 AF 感受型 CQ 連結型 TQ 測試型 避免出現，建議引導修正

組織文章

請擇取一篇模擬題意,進行議論文練習

題目		評量	等第	得分
		主張	A:7~9分 B:4~6分 C:0~3分	
		組織	A:7~9分 B:4~6分 C:0~3分	
		聲音	A:7~9分 B:4~6分 C:0~3分	
		用詞	A:7~9分 B:4~6分 C:0~3分	
		句法	A:7~9分 B:4~6分 C:0~3分	
		規範	A:7~9分 B:4~6分 C:0~3分	

第三類　初階議論文

　　初階部分的議論文，在第一學習階段，純以教學者帶領閱讀與討論為主，核心在於使學習者能「參與思考」。

　　大抵符應「十二年國民基本教育課程綱要」中「語文領域—國語文」之「第一學習階段」的「閱讀」與「寫作」素養之要求。「閱讀」部分以達到「5-I-4了解文本中的重要訊息與觀點」和「5-I-7運用簡單的預測、推論等策略，找出句子和段落明示的因果關係，理解文本內容」的學習表現要求為目標；「寫作」部分則與滿足「6-I-2透過閱讀及觀察，積累寫作材料」與「6-I-3寫出語意完整的句子、主題明確的段落」的前端寫作能力準備，也是重新建構中學以上至大學思辨寫作能力的初階寫作思維與技巧。

　　在本部分的議論文學思讀寫訓練中，引導學習者進行：
- 一、「初階對比的練習」，例如「文章裡面的鹿王，用了什麼「理由」來說服楚王，放鹿群一條生路呢？他舉了哪些人的「例子」給楚王做比較，又請楚王做了什麼「思考」，讓楚王決定放生呢？」
- 二、「初階反向的思考訓練」，例如「如果鹿絕種了，那麼人就沒有⋯⋯」

文章結構布局的訓練上，則只需要請教學者在教學時，引導學習者閱讀理解並透過深度討論的方式，使學習者能夠了解「主題」—「反思」—「連結」的文章脈絡：
- 一、「主題」，例如「這篇文章，想說什麼樣的動物故事？（求知型問題／AQ）」

二、「反思」，例如「如果獵捕動物的人，決定不放過這群動物，最後可能產生什麼樣的情形呢？（推測型問題／SQ）」

三、「連結」，例如「你有沒有在其他什麼故事看到這種放生、報恩，或者對環境保護，最後反過來環境有益於人的報導呢？（連結型問題／CQ）」

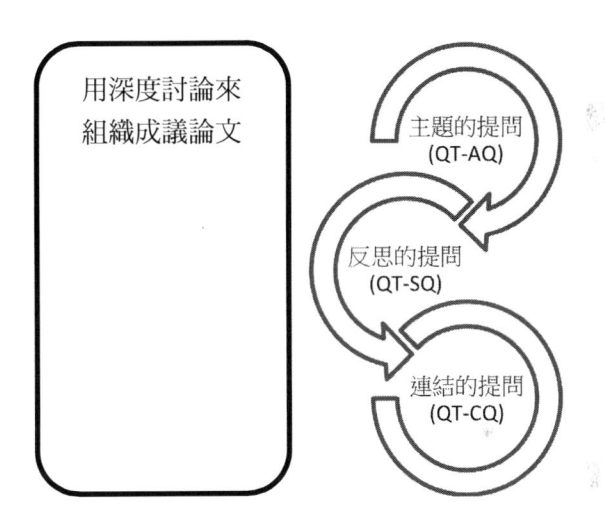

議論文深度討論寫作層次

用深度討論來組織成議論文

主題的提問 (QT-AQ)
反思的提問 (QT-SQ)
連結的提問 (QT-CQ)

一　文本閱讀：仁鹿放生記

【原文】

殿直蔣彥明誠之《地理志》[註一]云：楚有雲夢之澤[註二]，方一千五百里。東有仁鹿山、仁鹿谷、仁鹿廟[註三]，世數延遠，莫知其端。余嘗遊湘共衡，下洞庭，入雲夢，詢諸故老，莫有知者。因遊岳陽，見休退崔公長官，且叩仁鹿事。公曰：「吾得古書于禹穴所藏，探而得之，子為我編集成傳。」餘既起，獲其書乃許之。

楚元王在鬱林[註四]凱旋，大獵於雲夢之澤，有群鹿萬餘趨於山背，王引兵逐之。值晚，鹿陷大穀，四面壁立，中惟一鳥道，盡入曲阿。王曰：「晚矣，以兵塞其歸路，明日盡取此鹿，天賜吾犒軍也。」既曉，王令重兵環谷口[註五]，王自執弓矢。有一巨鹿[註六]突圍而入，至於王前，跪前膝若拜焉。口作人言曰：「我鹿之首也，為王見逐奔走，逃死無地，今又陷絕穀。王欲盡取犒軍，乞王赦之，願有臆說，惟王裁之。」王曰：「何言也？」鹿曰：「我聞古者不竭澤，不焚山[註七]，不取巢卵，不殺乳獸，由是仁及飛走，鳥獸得以繁息。舜積仁而鳳巢閣，湯去羅而德最高。人與鹿雖若異也，其於愛性命之理則一焉。吾欲日輸一鹿與王，則王庖之不虛，吾類得以繁息，王得食肥鮮矣。若王盡取之，吾無噍類[註八]矣，王將何而食焉？于王孰利也？王宜察之！」王乃擲弓矢於地，言曰：「汝亦王也，吾亦王也，汝愛其類，何異吾愛其民。傷爾之類，乃傷吾之民也。」王乃下令雲：「有敢殺鹿者，與殺人之罪同！」王謂鹿曰：「歸告爾類，吾將觀爾類之出穀。」乃先令鹿行，王登峰而望焉。巨鹿入群鹿中，如告如訴。巨鹿前引，群鹿相從，呦呦和鳴[註九]而出穀。王歡悅還國。

後王軍伐吳不勝而還，吳王複侵楚，楚王與吳戰，又失利。楚王

乃深溝高壘，堅壁[註十]以老吳師。楚多為疑兵，然吳兵尚銳，楚王深慮焉。吳軍一夕還營，若萬馬賓士，吳軍為鄰國救至，乃遁去。楚王明日繞吳營，見鹿跡無數環其營。王坐郊外，見向巨鹿突至曰：「今日乃是報恩焉。吾乘月黑引萬鹿馳繞其營，彼必為救至，乃遁去。」王勞謝曰：

「今欲酬子，將欲何物？」鹿曰：「我鹿也，食野草而飲溪水，又安用報也？願有說上陳：楚含九澤，包四湖，回環萬里，負山背水，天下莫強焉。加有山林魚鹽之利，蝦蟹果栗之饒，苟能善修仁德，勤撫吾民，可坐取五伯[註十一]。彼不修仁義，毒其人民，王從而征之，彼將開門而內吾軍，此不戰而勝者也。王不修仁德，而事征伐，向吳之侵楚，乃王先伐之也，何不愛民行仁義，坐而朝天下，豈不美也？」王曰：「善哉！」王曰：「吾為子立廟，以旌爾德。」乃名其山曰仁鹿山，谷曰仁鹿穀，廟曰仁鹿廟。

錄自〔宋〕劉斧《青瑣高議》

【翻譯】

《地理志》中記載，楚國有一片名叫雲夢的沼澤，面積有一千五百里，東邊有仁鹿山、仁鹿谷和仁鹿廟，歷史悠久，無法追溯其起源。我曾經遊覽過湘水和衡山，經過洞庭湖進入雲夢，向當地的老人詢問這些地方的來歷，但沒有人知道。後來，我到了岳陽，見到了退休的崔公長官，向他詢問仁鹿的故事。他告訴我，他在禹穴中找到了一本古書，請我編輯成文。我接受了，並獲得了這本書，裡面記載了以下故事。

楚元王在鬱林凱旋時，曾在雲夢沼澤進行大規模狩獵，有一群萬餘隻鹿逃到山的背後。楚王帶兵追趕，到了晚上，鹿群掉進了一個四面高壁的大谷，只有一條狹窄的路可通往外面。楚王說：「天色已晚，

讓士兵封住鹿群的出路，明天早上再來捕捉這些鹿，這是上天賜給我們的食物，來慰勞軍隊。」第二天早上，楚王命令重兵包圍谷口，自己拿著弓箭準備射殺鹿群。突然，一頭巨鹿突破了封鎖，來到楚王面前，跪下作揖，並開口說：「我是這群鹿的首領，我們因為王的追逐逃無可逃，現在又陷入這絕境。王想捕殺我們來犒勞軍隊，懇求王饒恕我們，讓我說幾句話，請王裁決。」楚王問：「你想說什麼？」巨鹿說：「我聽說古代聖人不會捕盡湖裡的魚，不會焚燒整座山狩獵，不會取走鳥巢裡的卵，也不會殺死正在哺乳的動物，因為這是仁德，讓飛禽走獸得以繁衍。舜積累仁德，鳳凰才會來築巢，湯王撤去羅網，德行最高。雖然人與鹿不同，但對生命的珍愛是相同的。我願意每天供一頭鹿給王，這樣王的廚房不會缺肉，我們也能繁衍。如果王把我們全部殺光，我們將絕種，那時候王又能吃什麼？這對王有什麼好處呢？王應該仔細考慮。」楚王聽後，扔下弓箭說：「你也是王，我也是王，你愛惜你的族群，與我愛惜我的百姓一樣。傷害你的族群，就像傷害我的人民。」楚王下令：「任何人若敢殺鹿，罪同殺人。」楚王對巨鹿說：「回去告訴你的族群，我會親自觀看你們離開山谷。」巨鹿帶領鹿群順利走出山谷，楚王感嘆不已，隨後返回國內。

後來，楚王出兵攻打吳國失敗，吳國反攻楚國，雙方再次交戰，楚國又失利。楚王便築起深溝高壘，採取堅壁清野的策略，想要拖垮吳軍。楚軍雖然擾亂吳軍，但吳軍仍然十分強悍，楚王非常擔憂。有一天夜裡，吳軍突然撤退，聲勢浩大，似乎是援軍到了。第二天，楚王環繞吳軍營地查看，發現營地周圍有無數鹿蹄印。這時，巨鹿再次出現，對楚王說：「今天是我來報恩的時候了。我趁著夜色，帶領萬隻鹿在吳軍營地奔馳繞行，吳軍以為援軍到了，於是撤退了。」楚王感謝巨鹿，並問道：「我想報答你，你想要什麼？」巨鹿回答：「我是鹿，吃草喝水，不需要什麼報答。但我有一個建議。楚地擁有豐饒的

資源，如果王能修養仁德，愛護百姓，就能坐擁天下。不仁義的國家終將自毀，王只需順應民心征討，便可不戰而勝。若王一味征伐，不修仁德，將失去民心。為何不愛民行仁義，坐享天下的臣服？」楚王大為讚賞，並為巨鹿建廟，以表彰其德行，並將山命名為仁鹿山，谷命名為仁鹿谷，廟稱為仁鹿廟。

改寫自《經典中國童話》之〈仁鹿記〉（2012）

【註釋】

註　一、地理志：記載地理、山川、歷史的書籍，可能指的是《漢書‧地理志》或其他古代地理文獻。

註　二、雲夢之澤：楚地的大沼澤，古代的水域名，範圍廣闊，今湖北、湖南一帶。

註　三、仁鹿山、仁鹿谷、仁鹿廟：傳說中與鹿有關的山谷和廟宇，名字源於仁鹿故事。

註　四、鬱林：古地名，位於今廣西一帶，楚元王凱旋的地點。

註　五、重兵環谷口：指安排大量士兵包圍鹿群所處的山谷口。

註　六、巨鹿：這裡指的是鹿群的首領，具有說話能力，象徵智慧與仁德。

註　七、不竭澤、不焚山：古代仁政的象徵，指不捕盡資源、不破壞環境，寓意為仁政之德。

註　八、噍類：活著的動物或生命，這裡指鹿群的後代。

註　九、呦呦和鳴：模擬小鹿的叫聲，象徵柔弱無力。

註　十、堅壁：即堅壁清野，戰術之一，築起高牆並清空周邊土地，以拖垮敵軍。

註十一、五伯：中國春秋戰國時期五位霸主，這裡指稱霸天下的意思。

二　討論思考：閱讀理解

（一）分析式閱讀

文章裡面的鹿王，用了什麼「理由」來說服楚王，放鹿群一條生路呢？他舉了哪些人的「例子」給楚王做比較，又請楚王做了什麼「思考」，讓楚王決定放生呢？

鹿王說服楚王的理由	
比較的例子	思考的理由
古時候的人不會……	鹿和人都一樣愛惜……
古代的聖王商湯……	如果鹿絕種了，那麼人就沒有……

（二）敘事觀點分析

　　你覺得為什麼要讓鹿群裡面的「鹿王」去和「楚王」求情，而不是派一隻「普通的鹿」去見楚王就好呢？

請想想看	請問，如果想要讓「楚王」覺得能有同理心， A.那麼是同樣也是「領導者」的「鹿王」？ B.還是只要派一隻「很會說話」的鹿去求情？ 你覺得哪一個會讓楚王比較有感覺呢？
	如果你選A，為什麼？
	如果你選B，為什麼？

三 討論思考：討論寫作

(一) 申論寫作練習

讀完故事後，你覺得楚國和吳國打仗時，為什麼鹿群會來報恩呢？

請想想看	請把你發現的原因找出來，填在下面空格
	因為……
	所以……

（二）科普寫作練習

　　請從大自然保育的角度，想想看，現在我們人類為了自己自私的需要，破壞了環境生態，汙染地球，使得生物絕種，有哪些關於這方面的新聞報導呢？請查查看，記錄在表格中：

請想想看	生物絕種的報導	環境污染的報導
	每條紀錄後面，請註明報導的出處，例如「○○網站」、「○○報紙」、「○○雜誌」	

（三）創意寫作練習

如果今天外太空的楚楚喀喀星人入侵我們地球，把地球人當作他們的食物，這時候你是人類的領導者，你要怎麼去和外星人談判，讓它們放人類一條生路呢？

請想想看	請你思考一下，可以用什麼「理由」來說服外星人？
	A.你想要找外星人的「誰」談判？
	B.你想說服外星人不要吃人類的「理由」有哪些？
	C.請試著想像畫出楚楚喀喀星人的樣子

（四）深度討論提問寫作結構

請把前面的練習，寫成一篇屬於你自己或者大家一起創作的文章。

首先，我們先討論出一個「動物放生」的故事，作為你或大家的文章主題。然後，我們先問七個問題，再回答問題，接著文章就寫出來囉！

【文章結構】

題目	
開　頭－起 求知型問題（AQ）	討論提問：（此部分由教學者引導提問） 例如：這篇文章，想說什麼樣的動物故事？
	問題：（此部分由教學者請學習者練習提問） 回答：
第二段－承 追問型問題（UT） 請選擇一種提問作為第二段討論提問	討論提問：（此部分由教學者引導提問） 例如：是什麼樣的人，在做什麼事，發現了這個（群）動物呢？
	問題：（此部分由教學者請學習者練習提問） 回答：

第二段—承 分析型問題（AY） 請選擇一種提問作為第二段討論提問	討論提問：（此部分由教學者引導提問） 例如：根據這個動物的習性，牠們可能會受到哪些傷害？ 問題：（此部分由教學者請學習者練習提問） 回答：
第三段—轉 歸納型問題（GE） 請選擇一種提問作為第三段討論提問	討論提問：（此部分由教學者引導提問） 例如：人們追捕這群動物後，動物們可能面臨了什麼樣的結果呢？ 問題：（此部分由教學者請學習者練習提問） 回答：

第三段—轉 推測型問題（SQ） 請選擇一種提問作為第三段討論提問	討論提問：（此部分由教學者引導提問） 例如：如果獵捕動物的人，決定不放過這群動物，最後可能產生什麼樣的情形呢？ 問題：（此部分由教學者請學習者練習提問） 回答：
結尾—合—情意 感受型問題（AF） 請選擇一種提問作為第四段討論提問	討論提問：（此部分由教學者引導提問） 例如：你覺得人類破壞環境的行為，可能讓我們人類自己也反過來受到傷害，像是什麼曾經聽過的事情是如此呢？ 問題：（此部分由教學者請學習者練習提問） 回答：

結尾—合—知性連結型問題（CQ）請選擇一種提問作為第四段討論提問	討論提問：（此部分由教學者引導提問）例如：你有沒有在其他什麼故事看到這種放生、報恩，或者對環境保護，最後反過來環境有益於人的報導呢？
	問題：（此部分由教學者請學習者練習提問）
	回答：

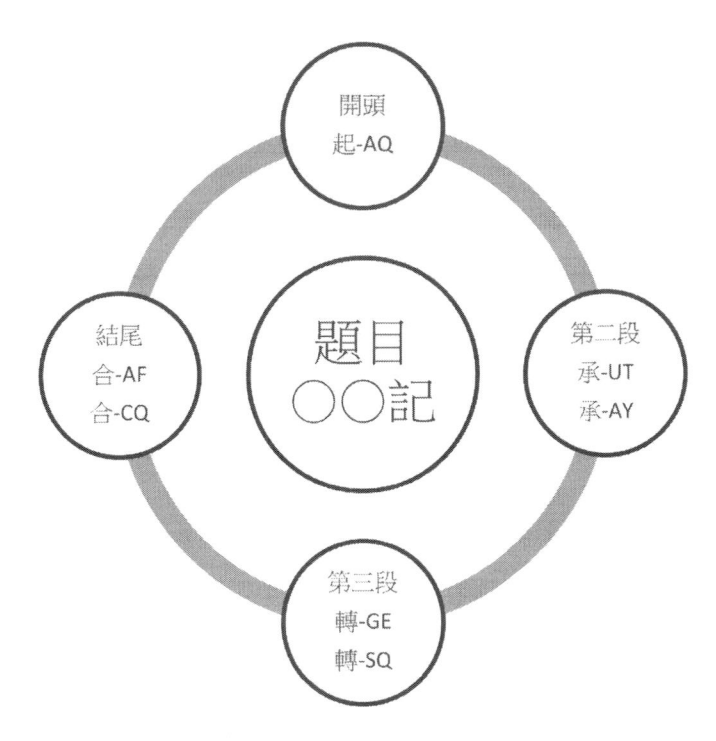

```
              開頭
              起-AQ

   結尾                    第二段
   合-AF       題目        承-UT
   合-CQ       ○○記       承-AY

              第三段
              轉-GE
              轉-SQ
```

深度討論問題組成文章模式

請教學者協助同學們,先進行討論練習,然後透過這些練習,組織成文章。

四　初階議論文讀寫習作

（一）閱讀文本

1　田真哭荊

　　京兆地區的田真、田慶、田廣兄弟三人，在父母死後，商量著要分配財產。所有的東西都平均分配完後，只剩下廳堂前面的一棵紫荊樹了。所以田氏兄弟一起商量著要把樹砍成三份，打算明天就砍掉之前，紫荊樹立刻就枯死了，形狀好像被火燃燒過一樣。

　　田真前去看完後非常吃驚，告訴他的弟弟們說：「樹本來是同一棵樹幹，聽見要被砍伐分開，所以就憂傷地枯死了，我們身為人還不如一棵樹啊！」他因此悲傷難過，決定不要砍樹了。轉眼間，紫荊樹又立刻枝葉茂盛起來。後來田家兄弟們受到樹的啟發，於是決定不分家，後來一家成為崇尚孝悌的家門。

改寫自〔南朝梁〕吳均《續齊諧記》

2　畫中美人

　　唐代的進士趙顏從畫工那裡得到一幅帛畫，上面描繪著一位美麗動人的女子。她的皮膚白裡透紅，她的眼睛像一汪水似的，她穿的衣服佩帶，飄然欲動，就像下凡的仙女一樣。趙顏對畫工說：「這世上應該沒有這麼美的人吧？如果她是真的人，我願意娶她做我的妻子。」畫工聽完他的話便神秘的跟趙顏說：「我的畫是具有神靈感應的。這畫中的女子的名字叫真真，只要你畫夜不停止，對著畫呼喊她的名字，等到了第一百天，她就會回應你。她一回應，你就馬上用百家彩綢燒成灰所泡的酒，餵她喝下去，她就會活過來。」

趙顏聽信了畫工，照著他說的話做，連續呼喊了一百天，忽然間畫中的女子果然回應趙顏的呼喊。趙顏連忙把準備好的百家彩灰酒餵她，果真活了過來，走出了畫。

　　真真自從畫中活過來以後，生活言談都和一般人一樣，因為趙顏誠心的召喚，所以兩人終於結為夫妻，並且生了一個兒子。等到小孩長到兩歲的時候，趙顏遇到了一位朋友，談到了這段奇遇。朋友卻跟他說：「那可是妖怪啊！她一定會給你帶來災難的。我這邊有把修道的神劍，你拿回去趁她睡覺時消滅她。」

　　趙顏聽完以後，雖然有些不相信，但是還是感到害怕。夜裡把劍帶回家，一進家門，真真就流著眼淚哭著說：「我是南岳山上的精靈仙子，無緣無故被人畫上了外貌，留在畫中。你又不斷地呼喚我的名字，我為了回應你的癡心，才和你一起生活。現在你竟然懷疑我，我便無法再和你在一起了。」說完兔出了之前所喝下的百家彩灰酒，帶著兒子回到了牆上的畫裡。

　　趙顏著急的再次呼喊「真真」的名字，但是畫中的美人卻不再回應，仔細一看，畫裡面又多了一個孩子。

改寫自〔唐〕杜荀鶴《松窗雜記》

(二) 申論寫作練習學習單

文本	**田真哭荊**	**畫中美人**
申論	讀完文章後,你覺得田真為什麼決定不砍紫荊樹呢?	讀完文章後,你覺得畫中的美人為什麼最後又回到畫裡面呢?
練習 初階學習者,可以使用口語或注音等方式,進行回應討論		

(三) 科普寫作練習學習單

文本	田真哭荊	畫中美人
科普	讀完文章後，請調查一下紫荊樹是什麼種類的樹木呢？	讀完文章後，請研究歷史上有哪些有名的畫中有美人呢？
練習 初階學習者，可以使用口語或注音等方式，進行回應討論		

（四）創意寫作練習學習單

文本	**田真哭荊**	**畫中美人**
創意	讀完文章後，如果田氏兄弟還是想分家產，你會建議他們怎麼做？	讀完文章後，你覺得要用什麼方法再讓真真從畫中出來呢？
練習 初階學習者，可以使用口語或注音等方式，進行回應討論		

(五)深度討論提問討論學習單

小組討論單 1

次序	文本	田真哭荊	問題類型
	提問者	問題內容記錄（小組討論時，請記錄大家的問題）	由教學者引導協助註記
			參考 AQ 求知型 UT 追問型 AY 分析型 GE 歸納型 SQ 推測型 AF 感受型 CQ 連結型 TQ 測試型 避免出現，建議引導修正

小組討論單 2

次序	文本	畫中美人	問題類型
	提問者	問題內容記錄（小組討論時，請記錄大家的問題）	由教學者引導協助註記
			參考 AQ 求知型 UT 追問型 AY 分析型 GE 歸納型 SQ 推測型 AF 感受型 CQ 連結型 TQ 測試型 避免出現，建議引導修正

組織文章

請擇取一篇模擬題意，進行議論文練習

題目	評量	等第	得分
	主張	A:7~9分 B:4~6分 C:0~3分	
	組織	A:7~9分 B:4~6分 C:0~3分	
	聲音	A:7~9分 B:4~6分 C:0~3分	
	用詞	A:7~9分 B:4~6分 C:0~3分	
	句法	A:7~9分 B:4~6分 C:0~3分	
	規範	A:7~9分 B:4~6分 C:0~3分	

第二章
中階深度討論學思讀寫素養訓練

說明

　　本單元為深度討論學思讀寫素養訓練的進階部分。以美國讀寫教育在二○一○年所訂定的共同核心標準（Common Core Standard）要求學習者學習的三種主要文體「記敘文」、「說明文」、「議論文」為訓練文體。

　　由於此部分已經進入「第二學習階段」的寫作教學，所以選擇之閱讀文本內容，增加稍難之詞語文句並具有更多供「敘述」、「說明」、「議論」之條件之文字內容，仍以中國古典傳奇故事為主軸，進行閱讀啟發以及寫作訓練。

美國讀寫教育要求之讀寫文體及學習目標──「三、第四級」，本書則以中文使用者的程度分為第三級、第四級（依此進階排序）。

（一）完成「記敘文」

　　第三級：能描述事件細節並說明前因與後果。能創造出場景及事件中的角色，並活用對話及描述角色的動作、思想與感覺。練習使用動詞描述狀態，有合理結局。

　　第四級：能用開展的方式描述事件的發展過程。能活用對話及描述角色的行動狀態、思想感受與對事件的反應。練習應用動詞描述，記敘事件有合理順序和合理結局。

(二）完成「說明文」

　　第三級：能介紹主題及和主題相關的資訊，包括事實、定義與細節。能正確使用連接詞（例如：也、另一方面、以及、但是、而且）來說明意見與資訊之間的關係，並提出結論。

　　第四級：能介紹主題及與主題有關的訊息，包括完整的描述，並以事實與細節來完成文章的寫作。能正確使用連接詞（例如：也、另一方面、以及、但是、而且）來連接意見與訊息，並提出結論。

（三）完成「議論文」

　　第三級：能介紹主題、提出觀點以及有組織的論述原因。能正確使用連接詞（例如：因為、所以、既然）來連接原因與觀點，並提出結論。

　　第四級：能提出觀點並陳述原因，且能清楚陳述主題，表達中心思想，有結構的條列原因來支持中心思想。能正確使用連接詞（例如：因為、所以、既然）來連接原因與觀點，並提出結論。

（節錄改寫自曾多聞：〈美國學校各年級實施讀寫教育的教學目標與時數〉，《美國讀寫教育——六個學習現場，六場震撼》，頁189-220。）

第一類　中階記敘文

　　中階層級之記敘文，教學訓練核心在於引導學習者開始在「閱讀理解」後「學習描述」。符應「十二年國民基本教育課程綱要」中「語文領域－國語文」之「第二學習階段」的「聆聽」的「1-Ⅱ-2具備聆聽不同媒材的基本能力」、「1-Ⅱ-4根據話語情境，分辨內容是否切題，理解主要內容和情感，並與對方互動」的學習表現要求。再者透過閱讀時的提問討論，則應合「口語表達」中「2-Ⅱ-2運用適當詞語、正確語法表達想法」、「2-Ⅱ-4樂於參加討論，提供個人的觀點和意見」的學習要求。

　　由於此部分已經進入「第二學習階段」，開始進入更進階之閱讀理解與寫作學習，所以本部分所設計規劃，乃符合「閱讀」中「5-Ⅱ-3掌握句子和段落的意義與主要概念」、「5-Ⅱ-5運用適合學習階段的摘要策略，擷取大意」、「5-Ⅱ-4認識記敘、抒情、說明及應用文本的特徵」之學習表現要求。在「寫作」上，則應合「6-Ⅱ-2培養感受力、想像力等寫作基本能力」、「6-Ⅱ-4書寫記敘、應用、說明事物的作品」之學習表現要求。

　　教學者與學習者在輔導學習者進行此階段之記敘文學思讀寫訓練時，應該注意引領學習者進行：

一、「個別、整體的描述」，例如「年紀和書生相近的女生，衣著華麗，容貌也非常美麗」。

二、「狀態的描述」，例如「口中吐出一個精巧的餐盒，裡面有各式各樣的美味佳餚，香氣四溢」。

三、「一組動作的描述」，例如「書生好像要醒來，女生趕緊吐出一座屏風，遮住男生，然後到屏風的另一邊陪伴書生午睡」。

四、「人擬物體化、物體擬人化」，例如「書生的肚子似乎是個層層疊進的餐盒，又好像是一道道房間的門」。

文章結構布局的訓練上，則要漸漸地開始讓學習者進一步以「討論」、「提問」結合「書寫」的方式，養成「描寫」—「反思」—「延伸」的思維模式：

一、「描寫」，例如「根據這個人物的情形，你覺得他們分別是用什麼方式隱藏自己的？（分析型問題／AY）」

二、「反思」，例如「如果在一旁看到這個情形的那個角色（許彥），不小心透漏了他們之間隱藏的秘密，那麼會發生什麼情形？（推測型問題／SQ）」

三、「延伸」，例如「你覺得故事中這種人和人之間的關係，自己有沒有這種每個人都對其他人都有個不可告人的祕密的經驗呢？是什麼？（感受型問題／AF）」。

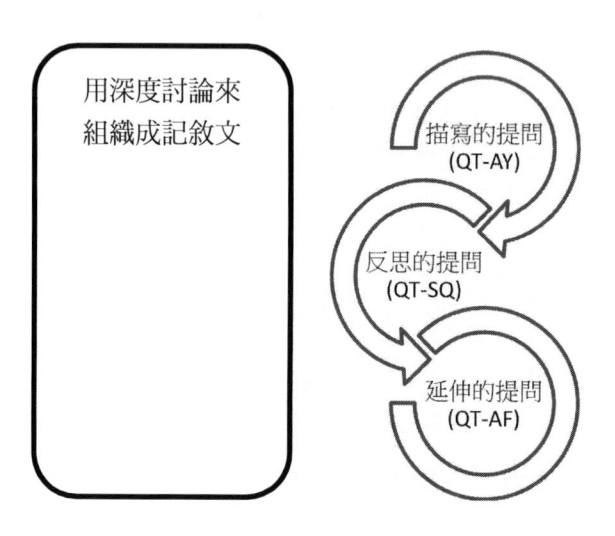

記敘文深度討論提問寫作層次

一　文本閱讀：楊羨書生

【原文】

　　東晉陽羨[註一]許彥許綏安山行。遇一書生，年十七八，臥路側，云：脚痛，求寄彥鵝籠[註二]中。彥以為戲言，書生便入籠。籠亦不更廣，書生亦不更小。宛然與雙鵝並坐，鵝亦不驚。彥負籠而去，都不覺重。前息樹下，書生乃出籠。謂彥曰：「欲為君薄設。」彥曰：「甚善。」乃於口中吐一銅盤奩子[註三]，奩子中具諸饌殽[註四]，海陸珍羞[註五]方丈，其器皿皆是銅物，氣味芳美，世所罕見。酒數行，乃謂彥曰：「向將一婦人自隨，今欲暫要之。」彥曰：「甚善。」又於口中吐一女子。年可十五六，衣服綺麗，容貌絕倫，共坐宴。俄而書生醉臥。此女謂彥曰：「雖與書生結好〔好原作妻。據明鈔本改。〕，而實懷外心，向亦竊將一男子同來，書生既眠，暫喚之，願君勿言。」彥曰：「甚善。」女人於口中吐出一男子，年可二十三四，亦穎悟可愛，乃與彥敘寒溫。書生臥欲覺，女子吐一錦行障，書生乃留女子共臥。男子謂彥曰：「此女子雖有情，心亦不盡，向復竊將女人同行。今欲暫見之。願君勿洩言。」彥曰：「善。」男子又於口中吐一女子，年二十許，共讌酌。戲調甚久，聞書生動聲，男曰：「二人眠已覺。」因取所吐女子，還內口中。須臾，書生處女子乃出，謂彥曰：「書生欲起。」更吞向男子，獨對彥坐。書生然後謂彥曰：「暫眠遂久[註六]，君獨坐，當悒悒耶。日已晚，便與君別。」還復吞此女子，諸銅器悉內口中。留大銅盤，可廣二尺餘。與彥別曰：「無以藉君。與君相憶也。」彥大元[註七]中。彥為蘭臺令史[註八]，以盤餉侍中[註九]張散，散看其題，云是漢永平三年[註十]所作也。

錄自〔南朝梁〕吳均《續齊諧記》

【翻譯】

　　東晉時期，陽羨有一位叫許彥的旅人，他在安山旅行時，遇到了一個書生，年約十七八歲，躺在路邊，聲稱腳痛，請求許彥讓他進入他的鵝籠中。許彥以為書生在開玩笑，但書生真的進了籠子，而且籠子沒有變大，書生也沒有變小，就這樣和兩隻鵝並排坐著，鵝也沒有驚慌。許彥背著籠子離開，竟然不覺得重。到了前方的一棵樹下休息時，書生從籠子裡出來，對許彥說想請他吃點東西。許彥說很好。書生便從口中吐出一個銅盤盒子，裡面有各種佳餚美食，海陸珍饈擺滿整個盒子，所有器皿都是銅製的，味道芳香美味，世間罕見。喝了幾巡酒後，書生對許彥說，他想叫來一個婦人陪他，許彥說好。書生便從口中吐出一個女子，約十五六歲，衣著華麗，容貌絕倫，一起坐下宴飲。不久後，書生喝醉了，女子對許彥說，雖然她與書生友好，但實際上心裡有別人，她還帶了一個男子來，書生已經睡著了，想叫那男子出來，希望許彥不要告訴書生。許彥同意了，女子從口中吐出一個男子，約二十三四歲，也很聰慧可愛，與許彥寒暄問候。書生快要醒來時，女子吐出一塊錦繡屏風遮住書生，讓他與自己共眠。男子對許彥說，這女子雖然對他有情，但心裡還是有別人；他還帶了另一個女子同行，現在想叫她出來，希望許彥不要洩露。許彥同意了，男子從口中吐出一個女子，約二十歲，大家一起飲酒作樂。突然聽到書生動靜，男子說兩人已經醒來，便將女子吞回口中。不久後，屏風裡的女子走了出來，對許彥說書生要起來了，並把男子也吞回口中，獨自與許彥對坐。書生對許彥說，他睡了很久，許彥獨坐是否悶悶不樂。天色已晚，書生告別許彥，並將女子和所有銅器吞回口中，只留下了一個大銅盤，寬約二尺，留給許彥作為紀念。後來，許彥在大元年間擔任蘭臺令史，將銅盤送給侍中張散，張散看了銅盤上的題字，說是

漢永平三年製作的。

改寫自《經典中國童話》之〈陽羨書生〉

【註釋】

註 一、陽羨：古地名，今江蘇省宜興市一帶。

註 二、鵝籠：用來裝鵝的籠子，通常很小，此處是許彥背負的籠子。

註 三、奩子：古代用來盛放食物或首飾的小盒子。

註 四、饌殽：美味的食物。

註 五、海陸珍羞：指美味的食物，包括海鮮和陸地的珍貴食材。

註 六、蹔眠遂久：書生覺得自己睡了一會兒，實際上已經睡了很久。

註 七、大元：東晉元帝統治期間，約西元三一七年至三二三年。

註 八、蘭臺令史：古代官職，掌管典籍文書的官員。

註 九、侍中：皇帝的近侍官，具有高地位和重要的職責。

註 十、永平三年：漢明帝劉莊在位時的年號，西元六〇年。

二　討論思考：閱讀理解

（一）分析式閱讀

這篇故事中，書生的肚子裡所包含的人物，從書生和他的妻子開始，每個人一層一層的關係是什麼？請將他們彼此的層層關係，畫成關係層次圖。

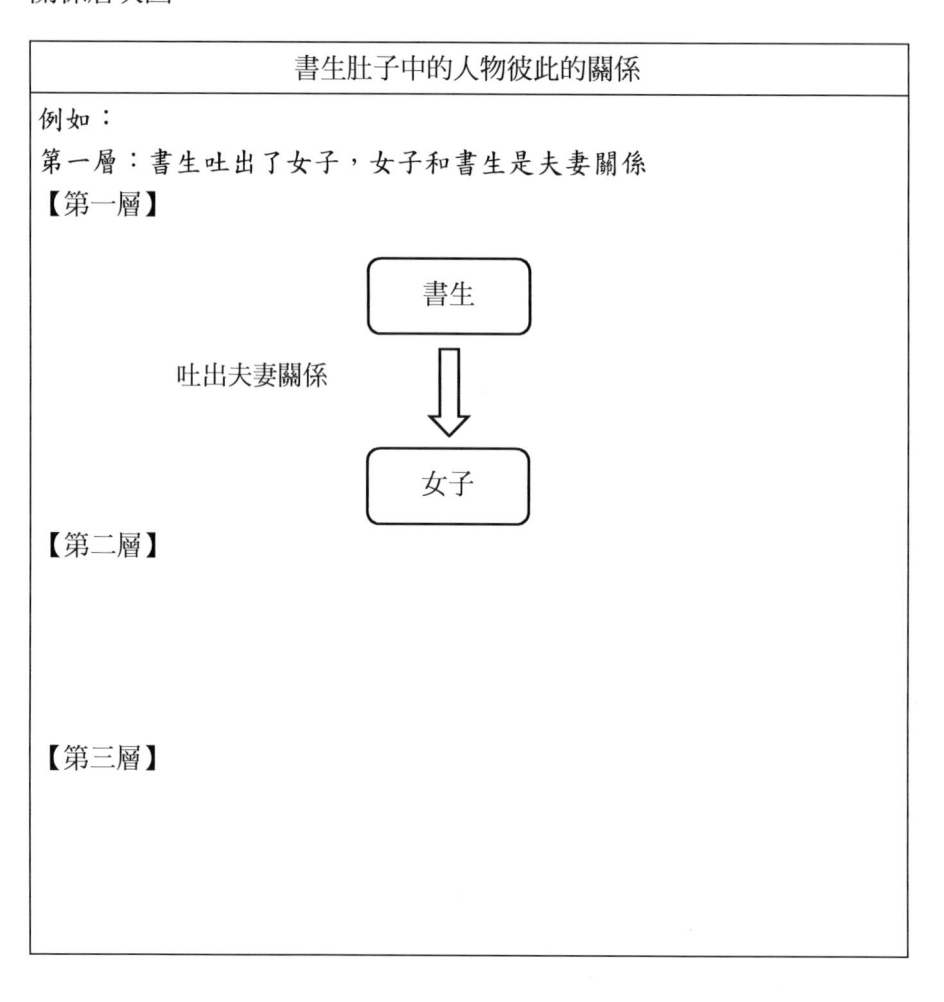

書生肚子中的人物彼此的關係
例如： 第一層：書生吐出了女子，女子和書生是夫妻關係 【第一層】 　　　　　　　　　　　書生 　　吐出夫妻關係　　　↓ 　　　　　　　　　　　女子 【第二層】   【第三層】

（二）敘事觀點分析

　　文章中，如果你是許彥，你要怎麼跟人家說這個人從肚子中吐出另一個人，另一個人又吐出另一個人，彼此卻都不曉得有這個人存在的故事呢？

請想想看	請從「外在形態」和「內在關係」來描述這個故事
	「外在形態」例如：書生從口中吐出了女生，女生又從嘴裡吐出……
	「內在關係」例如：書生和女生是……關係，女生和男生是……關係

三　討論思考：討論寫作

（一）申論寫作練習

　　讀完故事後，你覺得裡面的人物，誰和誰不知道有誰的存在呢？為什麼他們要隱藏這些關係呢？

請想想看	請把你發現的原因找出來，填在下面空格
	例如：書生的妻子不知道有「○○○」存在
	例如：為什麼妻子要隱瞞「○○○」的存在？

（二）科普寫作練習

故事的最後，獲得銅盤的宰相張散，是依靠什麼樣的檢驗方法，得知這是一件古董呢？請試著扮演一位考古偵探，舉出比文章更詳細的證據：

請想想看	請你想一下「銅盤」的樣子，從哪些地方可以呈現它的時代
	例如：銅盤可能用什麼樣的材質，可以顯示它是在「周朝」時期呢？ 答：春秋戰國時期的貴重銅器，大部分都使用「青銅」的材質製作，這個銅盤是「青銅」材質，所以有可能是在周朝時期製作的器皿。 線索一 線索二 線索三 線索四

(三)創意寫作練習

請試著想像一下,請你把這個故事給增加長度,讓書生肚子裡的人物變得更多,每個人物在「什麼情況下」(例如書生睡著時),把另一個人物吐出來(也不一定要用吐的,可以使用別的方法,例如藏在口袋裡),這個人和另一個人之間的關係是什麼(例如朋友關係、親戚關係),發揮你的創意,將人物盡可能的增加。

請想想看	書生肚子裡一層又一層的人物接龍遊戲
	書生吐出了年輕的女生,是他的妻子;妻子「趁書生睡著時」,吐出她一位男生,是她的朋友;男生「趁妻子陪伴書生午睡時」,又吐出了一位二十多歲的女子,是他的女朋友;以下請發揮創意往下接龍 二十多歲的女子,趁男生「○○○」的時候,……

（四）深度討論提問寫作結構

請把前面的練習，寫成一篇屬於你自己或者大家一起創作的文章。

首先，我們把剛剛每個人創作的「人物」，討論出一個，作為你或大家的文章主題。然後，我們先問七個問題，再回答問題，接著文章就寫出來囉！

【文章結構】

題目	
開　頭─起 求知型問題（AQ）	討論提問：（此部分由教學者引導提問） 例如：這篇文章，想要描寫什麼樣的人物關係？
	問題：（此部分由教學者請學習者練習提問） 回答：
第二段─承 追問型問題（UT） 請選擇一種提問作為第二段討論提問	討論提問：（此部分由教學者引導提問） 例如：這些人物，為什麼不會被發現呢？
	問題：（此部分由教學者請學習者練習提問） 回答：

第二段—承 分析型問題（AY） 請選擇一種提問作為第二段討論提問	討論提問：（此部分由教學者引導提問） 例如：根據這個人物的情形，你覺得他們分別是用什麼方式隱藏自己的？ 問題：（此部分由教學者請學習者練習提問） 回答：
第三段—轉 歸納型問題（GE） 請選擇一種提問作為第三段討論提問	討論提問：（此部分由教學者引導提問） 例如：這些人物中，哪些人是有意隱藏欺騙，哪些人是誠實的呢？ 問題：（此部分由教學者請學習者練習提問） 回答：

第三段―轉 推測型問題（SQ） 請選擇一種提問作為第三段討論提問	討論提問：（此部分由教學者引導提問） 例如：如果在一旁看到這個情形的那個角色（許彥），不小心透漏了他們之間隱藏的祕密，那麼會發生什麼情形？ ------ 問題：（此部分由教學者請學習者練習提問） 回答：
結尾―合―情意 感受型問題（AF） 請選擇一種提問作為第四段討論提問	討論提問：（此部分由教學者引導提問） 例如：你覺得故事中這種人和人之間的關係，自己有沒有這種每個人都對其他人都有個不可告人的祕密的經驗呢？是什麼？ ------ 問題：（此部分由教學者請學習者練習提問） 回答：

結尾—合—知性連結型問題（CQ）請選擇一種提問作為第四段討論提問	討論提問：（此部分由教學者引導提問） 例如：你有沒有在其他什麼故事看過類似這種層層隱藏的關係的情節呢？像是什麼？
	問題：（此部分由教學者請學習者練習提問）
	回答：

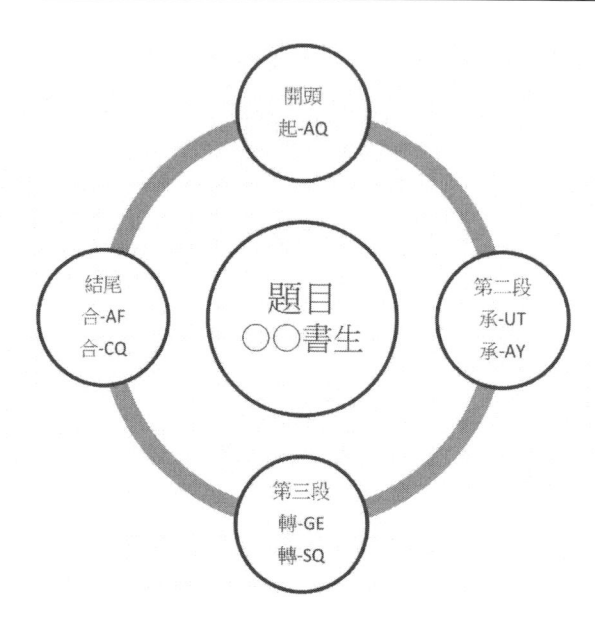

```
                    開頭
                    起-AQ

結尾                              第二段
合-AF         題目              承-UT
合-CQ       ○○書生             承-AY

                    第三段
                    轉-GE
                    轉-SQ
```

深度討論問題組成文章模式

請教學者協助同學們，先進行討論練習，然後透過這些練習，組織成文章。

四　中階記敘文讀寫習作

（一）閱讀文本

1　虛空細縷

　　從前有一個狂人，有天他請紡織匠紡棉紗，要求必須紡出非常細緻，像是糖絲那樣的紗。儘管紡織匠盡心盡力，紡出的紗也已經細得像空中飄浮的微塵那樣，但是狂人還是嫌棄它太粗糙了。

　　紡織匠生氣地指著空白處叫狂人看，對他說：「這便是你要的細紗縷。」狂人看了一下說：「奇怪，為什麼我看不見？」紡織匠就說：「我紡的這種極細的紗縷，在我們最厲害的織匠們都看不見，何況其他一般的外行人呢？」狂人聽了非常開心，也叫其他紡織匠把紡好的紗縷拿去織成布。其他紡織匠也學著前面織匠紡紗的樣子來織布，假裝織好了布交給狂人，他們都得到上等的賞賜。可是，實際上大家並沒有紡出紗縷和織出任何一匹布，空無一物。

　　　　　　　　　　　　　　改寫自〔南朝梁〕慧皎《高僧傳》

2　荀巨伯探病友

　　東漢年間有位姓荀名叫巨伯的人。有一回，他前去探望住在遠方正在生病的好朋友。當時正好遇到外族的胡人要攻打朋友住的城鎮，朋友就對荀巨伯說：「我本來生病就快死了，不要管我。反而是你，趕緊逃命吧！」荀巨伯說：「我從這麼遠的地方來探望你，你卻趕我走。我怎麼可能做出這麼貪生怕死的行為呢？這樣太沒有道義了！」他拒絕了朋友的要求。

　　不久，當胡人攻進城裡發現沒有逃走的他們，就問他們說：「大

家都知道我們大軍要來攻城,所以全城的人都逃光了,為什麼你們還敢留在這裡呢?」荀巨伯對胡人說:「我朋友身患重病,無法走動。我不忍心丟下他,然後自己一個人逃命。我願意用我的性命來換取他的性命,請不要殺害他。」胡人的士兵們聽完慚愧地對彼此說:「我們這些不講道義的人,今天卻來到一個講道義的國家。」於是決定撤退,整座城也因此沒有被破壞。

改寫自〔南朝宋〕劉義慶《世說新語》

(二) 申論寫作練習學習單

文本	虛空細縷	荀巨伯探病友
申論	讀完文章後，你覺得狂人為何會認為紡織匠的話是真的呢？	讀完文章後，你覺得為什麼荀巨伯要留下來而不逃命呢？
練習		

(三) 科普寫作練習學習單

文本	虛空細縷	荀巨伯探病友
科普	讀完文章後，請調查一下紗縷是一種什麼樣的紡織品呢？	讀完文章後，請研究一下歷史，在東漢時候有哪些外族胡人呢？
練習		

(四) 創意寫作練習學習單

文本	虛空細縷	荀巨伯探病友
創意	讀完文章後，如果你是紡織匠，你要怎麼應付狂人對紡織品質的要求呢？	讀完文章後，如果你是荀巨伯，遇到了一樣的危機，你會怎麼跟胡人士兵說呢？
練習		

（五）深度討論提問討論學習單

小組討論單 1

次序	文本	虛空細縷	問題類型
	提問者	問題內容記錄（小組討論時，請記錄大家的問題）	由教學者引導協助註記
			參考 AQ 求知型 UT 追問型 AY 分析型 GE 歸納型 SQ 推測型 AF 感受型 CQ 連結型 TQ 測試型避免出現，建議引導修正

第二章　中階深度討論學思讀寫素養訓練 ❖ 97

小組討論單 2

次序	文本	荀巨伯探病友	問題類型
	提問者	問題內容記錄（小組討論時，請記錄大家的問題）	由教學者引導協助註記
			參考 AQ 求知型 UT 追問型 AY 分析型 GE 歸納型 SQ 推測型 AF 感受型 CQ 連結型 TQ 測試型 避免出現，建議引導修正

組織文章

請擇取一篇模擬題意，進行記敘文練習

題目		評量	等第	得分
		主張	A:7~9分 B:4~6分 C:0~3分	
		組織	A:7~9分 B:4~6分 C:0~3分	
		聲音	A:7~9分 B:4~6分 C:0~3分	
		用詞	A:7~9分 B:4~6分 C:0~3分	
		句法	A:7~9分 B:4~6分 C:0~3分	
		規範	A:7~9分 B:4~6分 C:0~3分	

第二類　中階說明文

　　中階的說明文，呼應「第二學習階段」在「閱讀」之「5-Ⅱ-4認識記敘、抒情、說明及應用文本的特徵」、「5-Ⅱ-5運用適合學習階段的摘要策略，擷取大意」，與「寫作」之「6-Ⅱ-4書寫記敘、應用、說明事物的作品」、「6-Ⅱ-6運用改寫、縮寫、擴寫等技巧寫作」之學習表現要求，教學核心在於訓練學習者能夠透過對文本內容的理解和討論，從各種子題進行「增加說明」的寫作練習。

　　教學者在引導學習者進行學思讀寫訓練時，可以加強學習者在：

一、「個體的比喻」，例如「牠的頭像是存放穀物的圓形穀倉那麼大，眼睛像直徑兩尺寬的銅鏡」。

二、「用具體來表達抽象」，例如「牠的身體有十多人合抱那麼粗」。

的說明能力。

　　文章結構布局的訓練上，則要使學習者透過「討論」能明瞭「主題」，在理解後提出「反思」的提問，然後試著自我「連結」其他相關的訊息，養成其成為文章組織思維的模式。

一、「主題」，例如「這篇文章，想要說的是什麼樣的人物打敗危害眾人的怪物呢？（求知型問題／AQ）」

二、「反思」，例如「如果身為前往攻擊禍害的主角，一開始沒有順利的擊敗怪物怎麼辦？（推測型問題／SQ）」

三、「連結」，例如「你有沒有在其他什麼故事看過類似的故事，他們用了什麼方式解決他們故事中的禍害呢？（連結型問題／CQ）」

用深度討論來組織成說明文

主題的提問
(QT-AQ)

反思的提問
(QT-SQ)

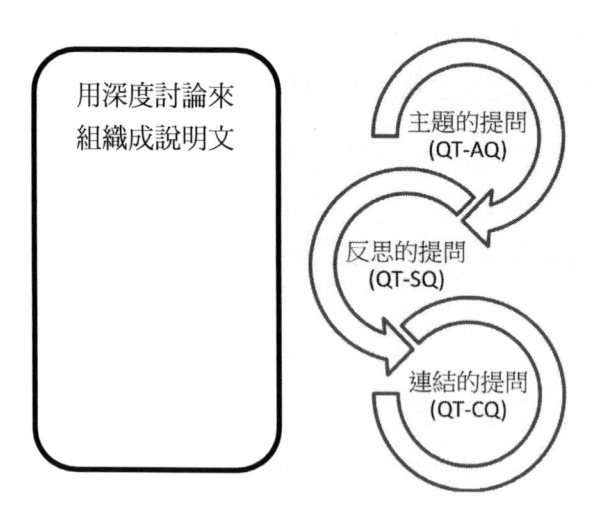

連結的提問
(QT-CQ)

說明文深度討論提問層次

一　文本閱讀：李寄斬蛇

【原文】

　　東越閩中有庸嶺〔註一〕，高數十里，其西北隙〔註二〕中有大蛇，長七八丈，大十餘圍。土俗常懼。東冶都尉〔註三〕及屬城長吏，多有死者。祭以牛羊，故不得禍。或與人夢，或下諭巫祝，欲得啗童女年十二三者。都尉、令、長並共患之。然氣厲不息。共請求人家生婢子，兼有罪家女養之。至八月朝祭，送蛇穴口，蛇出吞齧之。累年如此，已用九女。

　　爾時預復募索，未得其女。將樂縣李誕，家有六女，無男。其小女名寄，應募欲行。父母不聽。寄曰：「父母無相，惟生六女，無有一男，雖有如無。女無緹縈〔註四〕濟父母之功，既不能供養，徒費衣食，生無所益，不如早死。賣寄之身，可得少錢，以供父母，豈不善耶！」父母慈憐，終不聽去。寄自潛行，不可禁止。

　　寄乃告請好劍及咋蛇犬〔註五〕。至八月朝，便詣廟中坐，懷劍將犬。先將數石米餈〔註六〕，用蜜麨灌之，以置穴口。蛇便出，頭大如囷〔註七〕，目如二尺鏡，聞餈香氣，先啗食之。寄便放犬，犬就齧咋，寄從後斫得數創。瘡痛急，蛇因踊出，至庭而死。寄入視穴，得九女髑髏〔註八〕，悉舉出，咤言曰：「汝曹怯弱，為蛇所食，甚可哀愍！」於是寄乃緩步而歸。

　　越王〔註九〕聞之，聘寄女為后，指其父為將樂令，母及姊皆有賞賜。自是東冶無復妖邪之物。其歌謠至今存焉。

錄自〔東晉〕干寶《搜神記》

【翻譯】

　　在東越閩中的庸嶺，有一條巨蛇，長達七八丈，粗十餘圍，常常讓當地人驚恐。東冶都尉和屬城的官員，很多人都被這條蛇害死。為了避免災禍，人們定期祭祀牛羊，並且聽從巫祝的預言，開始每年祭獻十二三歲的少女，這樣的祭祀持續了多年，已有九名少女被蛇吞食。

　　某年，官府又徵募祭品少女，卻無人應募。將樂縣有位名叫李誕的父親，家中有六個女兒，其中最小的女兒名叫李寄，主動報名願意前去，卻遭到父母反對。李寄對父母說：「既然家裡無兒子，我作為女兒不能供養你們，也無法像緹縈救父母，不如自願去祭蛇，還可以為家裡換些錢。」父母心疼她，不願讓她去，但李寄最終還是偷偷離家，決心完成這個任務。

　　李寄向官府請求得到一把利劍和一條能咬蛇的狗。到了八月祭祀那天，她來到蛇穴前，先放置米糕引誘巨蛇。蛇聞到香氣後出來，李寄趁機讓狗攻擊蛇，自己則在後面用劍斬殺巨蛇。巨蛇受重傷後奮力掙扎，但最終死去。李寄進入蛇穴，發現了之前被吞食的九名少女的頭骨，將它們一一帶出，並為她們感到哀傷。

　　這件事傳到越王耳中，他深受感動，封李寄為王后，任命她的父親為將樂縣令，並賞賜她的母親和姐姐們。自此以後，東越地區再也沒有出現過妖邪，當地百姓將這個故事流傳至今。

改寫自《經典中國童話》之〈李寄斬蛇〉

【註釋】

註　一、庸嶺：位於東越閩中的一座高山。

註　二、閩：低濕的地區或谷地。

註　三、東冶都尉：東越閩中的地方官職，類似於縣尉。

註　四、緹縈：西漢孝女，曾向漢文帝上書救父。

註　五、咋蛇犬：能夠咬蛇的狗。

註　六、米餈：用米做成的糕點。

註　七、囷：古代用來儲藏糧食的圓形倉庫。

註　八、髑髏：頭骨。

註　九、越王：東越的國王。

二　討論思考：閱讀理解

（一）分析式閱讀

　　故事裡面，作者用了什麼樣的文字來說明大蛇危害樂縣居民的情形，而李寄用了什麼樣的方式來打敗大蛇呢？請試著說明看看：

大蛇怎麼危害樂縣居民的？	李寄用什麼方法大敗大蛇的？
例如：傷害路過的人。	例如：用糯米糰子引誘大蛇出來。

（二）敘事觀點分析

故事中，為什麼要以一個小女孩「李寄」作為挑戰與打敗大蛇的主角呢？為什麼不找一位勇士，或者大家一同去打敗危害縣民的大蛇呢？

請想想看	請問，如果我們想要讓「打敗大蛇」的人感覺非常有智慧和勇氣， A.那麼是用一個力大無窮的勇士來打敗大蛇比較有感覺？ B.還是用一位在大人眼中弱小的小女孩來打敗大蛇更能突顯效果？ 你覺得文章的作者選擇哪一個比較有效果呢？
	如果你選A，為什麼？
	如果你選B，為什麼？

三　討論思考：討論寫作

（一）申論寫作練習

　　讀完故事後，你覺得打敗大蛇的「李寄」，是一個怎麼樣的小女孩呢？請試著說明一下她的性格、想法和行為：

請想想看	請把你說明一下李寄的性格、想法和行為，填在下面空格	
	性格	
	想法	
	行為	

請想想看	請把你說明一下李寄的性格、想法和行為，填在下面空格	
	請畫出她的樣子	

(二) 科普寫作練習

在大自然中，這隻危害樂縣縣民的大蛇，可能棲息在怎樣的環境中，如果你是生物學家，要如何判斷蛇洞在哪樣子的地方，蛇的習性是什麼呢？

請想想看	請你查一查生物圖鑑，「大蛇」可能是哪一種蛇類有什麼生活習性，習慣居住在怎樣的環境中？
	請畫出大蛇的樣子

（三）創意寫作練習

如果讓你來做這個斬蛇的英雄，你會怎麼描寫危害大家的「大蛇」，然後說明自己會用什麼樣的方式來打敗牠呢？

請想想看	請你創造一下，用比喻的方式說明「大蛇」的樣子，然後用自己的創意說明打敗牠的方法。
	A.大蛇像「○○○」、像「○○○」？
	B.我會用「○○○」、「○○○」……的方法來擊敗大蛇。

請想想看	請你創造一下，用比喻的方式說明「大蛇」的樣子，然後用自己的創意說明打敗牠的方法。
	C.請試著畫出你打敗大蛇的情形

（四）深度討論提問寫作結構

請把前面的練習，寫成一篇屬於你自己或者大家一起創作的文章。

首先，我們把剛剛每個人創作的「斬蛇」故事，討論出一個，作為你或大家的文章主題。然後，我們先問七個問題，再回答問題，接著文章就寫出來囉！

【文章結構】

題目	
開　頭—起 求知型問題（AQ）	討論提問：（此部分由教學者引導提問） 例如：這篇文章，想要說的是什麼樣的人物打敗危害眾人的怪物呢？
	問題：（此部分由教學者請學習者練習提問）
	回答：
第二段—承 追問型問題（UT） 請選擇一種提問作為第二段討論提問	討論提問：（此部分由教學者引導提問） 例如：這個怪物，是怎麼危害著人們的生命安全呢？
	問題：（此部分由教學者請學習者練習提問）
	回答：

第二段—承 分析型問題（AY） 請選擇一種提問作為第二段討論提問	討論提問：（此部分由教學者引導提問） 例如：根據這個禍害，大家分別用什麼樣的方式來解決呢？ 問題：（此部分由教學者請學習者練習提問） 回答：
第三段—轉 歸納型問題（GE） 請選擇一種提問作為第三段討論提問	討論提問：（此部分由教學者引導提問） 例如：依照你故事的描述，最後大家選擇了什麼樣的「好」方法或「壞」方法來面對禍害？ 問題：（此部分由教學者請學習者練習提問） 回答：

第三段—轉 推測型問題（SQ） 請選擇一種提問作為第三段討論提問	討論提問：（此部分由教學者引導提問） 例如：如果身為前往攻擊禍害的主角，一開始沒有順利的擊敗怪物怎麼辦？ 問題：（此部分由教學者請學習者練習提問） 回答：
結尾—合—情意 感受型問題（AF） 請選擇一種提問作為第四段討論提問	討論提問：（此部分由教學者引導提問） 例如：你覺得這個弱小的主角運用智慧打敗怪物解決問題的故事，有沒有給你什麼啟發，你自己有什麼感想呢？ 問題：（此部分由教學者請學習者練習提問） 回答：

結尾—合—知性連結型問題（CQ）請選擇一種提問作為第四段討論提問	討論提問：（此部分由教學者引導提問）例如：你有沒有在其他什麼故事看過類似的故事，他們用了什麼方式解決他們故事中的禍害呢？
	問題：（此部分由教學者請學習者練習提問）
	回答：

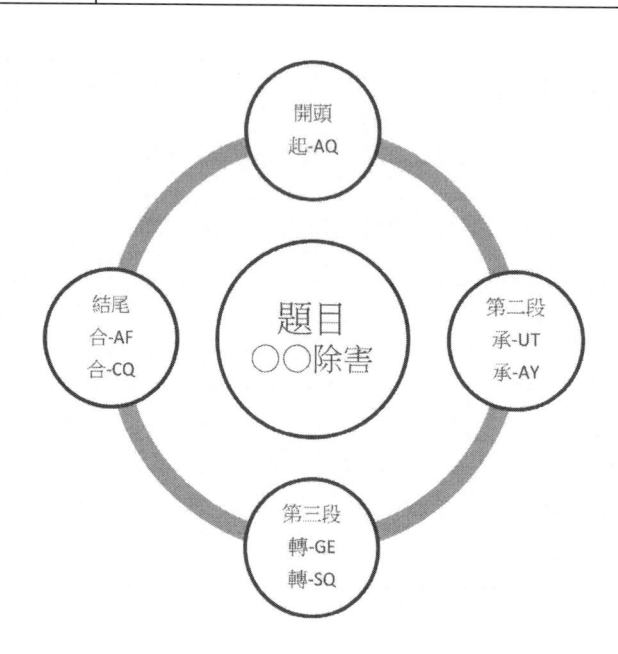

```
        開頭
        起-AQ

結尾            題目         第二段
合-AF         ○○除害        承-UT
合-CQ                        承-AY

        第三段
        轉-GE
        轉-SQ
```

深度討論問題組成文章模式

請教學者協助同學們，先進行討論練習，然後透過這些練習，組織成文章。

四　中階說明文讀寫習作

（一）閱讀文本

1　哭聲斷案

　　韓滉是一位有名的畫家，他畫的《五牛圖》把五頭老牛的樣子描繪得栩栩如生，顯示出他是一位心細如髮的人。他在管理潤洲這個地方的時候，有一天晚上和屬下在萬歲樓上喝酒。大家正開心的時候，韓滉突然放下酒杯，對旁邊的人說：「你們有沒有聽到附近有女人的哭聲呢？」有人回答說是在某橋邊的某個街道，有位婦人的丈夫過世了。

　　韓滉命令差役把昨晚哭泣的婦人抓來審問，可是連續兩天婦人什麼都沒有招認什麼。差役害怕韓滉怪罪，所以守候在婦人丈夫的屍體旁邊，忽然發現有很多大隻的綠頭蒼蠅聚集在屍體的頭頂，覺得很奇怪，於是撥開頭髮檢查，才發現頭部有根長長的釘子。審問之後才發現，原來婦人和鄰居有不倫戀，於是將丈夫灌醉以後，用釘子釘入頭頂，害死他，這樣就可以脫離丈夫的掌控和鄰居在一起了。

　　案子了結後，差役覺得韓滉很厲害，為什麼可以發現婦人很可疑。韓滉說：「我聽到婦人的哭聲雖然非常急促，但是卻不感到悲傷，好像是因為害怕而裝哭的樣子。東漢的王充在《論衡》裡記載春秋時期，鄭國的子產早晨出門，聽到婦女的哭聲。他抓住僕人的手仔細傾聽，過了一會就派人將婦女抓來審問，果然是這個婦女殺死了丈夫。僕人問鄭子產是如何知道的？他說：『死了自己所親愛的人的正常表現是，知道丈夫有病了應該憂愁，丈夫快要死了的時候害怕，死了以後悲痛。這個女人的丈夫死了以後的哭聲裡充滿恐懼，所以知道她必有奸情。』因此我推測情況可能類似，才決定這麼做。」

改寫自〔唐〕段成式《酉陽雜俎》

2　煮龜燃桑

　　三國時期，東吳的孫權時期，有個人在山裡面抓到一隻大烏龜，這時候烏龜卻開口說話：「出來的不是時候，被你給捉住了，真是不幸運啊！」那人覺得會講話的烏龜，應該是個神物，吉祥的象徵，所以準備將烏龜獻給主公孫權。

　　在運送的過程中，晚上，那人將船綁在江邊的大桑樹下停泊。半夜聽到桑樹對烏龜說：「元緒公受苦了，你怎麼會落到這個下場呢？」烏龜回答：「我被抓了以後，馬上就要被人烹煮吃下肚了。不過沒關係，人們就算把南山的樹木都燒光，也不能把我煮爛的。」桑樹說：「我聽說在朝廷中有一位叫諸葛元遜的人，知識廣博、足智多謀。如果他知道可以用我們這些桑樹來烹煮你怎麼辦？」烏龜聽了連忙說：「子明，不要多言，不然恐怕你也會受到牽連，遭受災禍。」

　　到了首都建業，孫權命令屬下烹煮大烏龜，可是怎麼煮都煮不爛。這時諸葛元遜就稟告說：「這種老烏龜，只能用老桑樹燒火才煮得爛。」獻上烏龜的人這時也想起那天晚上聽到桑樹和烏龜的對話，報告了孫權，孫權於是命令他去砍伐那棵老桑樹來當柴薪，才不到十五分鐘的時間，烏龜就被煮到一命嗚呼了，就這樣烏龜和桑樹兩個難兄難弟一起結束了生命。到了現在，人們煮烏龜常用桑樹來當柴燒，當地民眾也把烏龜叫做「元緒」。

改寫自〔南朝宋〕劉敬叔《異苑》

(二) 申論寫作練習學習單

文本	哭聲斷案	煮龜燃桑
申論	讀完文章後，你覺得韓滉是用哪些線索來判斷婦人可能有嫌疑呢？	讀完文章後，你覺得為什麼桑樹也被牽連遭受燃燒的命運呢？
練習		

（三）科普寫作練習學習單

文本	哭聲斷案	煮龜燃桑
科普練習	讀完文章後，調查看看哭聲有什麼種類，請描述記錄在下欄？	讀完文章後，請調查看看烹煮烏龜的方法和古人流傳的習俗？

(四) 創意寫作練習學習單

文本	哭聲斷案	煮龜燃桑
創意	讀完文章後，你覺得如果你是韓滉，還可以用什麼線索來推理呢？	讀完文章後，你也來寫一個因為多嘴而遭受禍害的故事吧？
練習		

（五）深度討論提問討論學習單

小組討論單 1

次序	文本	哭聲斷案	問題類型
	提問者	問題內容記錄（小組討論時，請記錄大家的問題）	由教學者引導協助註記
			參考 AQ 求知型 UT 追問型 AY 分析型 GE 歸納型 SQ 推測型 AF 感受型 CQ 連結型 TQ 測試型 避免出現，建議引導修正

小組討論單 2

次序	文本 提問者	煮龜燃桑 問題內容記錄（小組討論時，請記錄大家的問題）	問題類型 由教學者引導 協助註記
			參考 AQ 求知型 UT 追問型 AY 分析型 GE 歸納型 SQ 推測型 AF 感受型 CQ 連結型 TQ 測試型 避免出現，建議引導修正

組織文章

請擇取一篇模擬題意，進行說明文練習

題目		評量	等第	得分
		主張	A:7~9分 B:4~6分 C:0~3分	
		組織	A:7~9分 B:4~6分 C:0~3分	
		聲音	A:7~9分 B:4~6分 C:0~3分	
		用詞	A:7~9分 B:4~6分 C:0~3分	
		句法	A:7~9分 B:4~6分 C:0~3分	
		規範	A:7~9分 B:4~6分 C:0~3分	

第三類　中階議論文

　　中階議論文的教學目標在於達到學習者以「討論提問模式」,「參與思考」並且能夠在過程中理解內容「主題」,釐清故事「脈絡」與「因果關係」。符應「語文領域—國語文」之「第二學習階段」在「閱讀」之「5-Ⅱ-6就文本的觀點,找出支持的理由」、「5-Ⅱ-7能運用預測、推論、提問等策略,增進對文本的理解」的學習表現要求。再者也應合「寫作」之「6-Ⅱ-3學習審題、立意、選材、組織等寫作步驟」的要求。

　　教學者在輔導學習者進行學思讀寫練習時,可以著重於引導學習者對於:

一、「對比的思考」,例如「是否要幫王婆婆救他犯罪的兒子?否,為什麼?」、「是否要幫王婆婆救他犯罪的兒子?是,為什麼?」

二、「反向的思考」,例如「如果要跟故事一樣,不直接去向皇帝求情,你會用什麼方法來說服皇帝大赦天下呢?」

文章結構布局的訓練上,延續前部「說明文」的知性演繹思維,以「深度討論七大提問類型」的學習方式,就「主題」的訊息擷取與理解、「反思」的比較與多元思考和「連結」的擴充與聯想訓練,進行文章組織思維的教學引導。

一、「主題」,例如「主角身為有影響力的高僧法師,他為什麼要先拒絕對他有恩的人的請求呢?(追問型問題／UT)」

二、「反思」,例如「依照故事的描述,法師的行為,哪些是可以被接受,哪些可能不太恰當呢?(歸納型問題／GE)」

三、「連結」，例如「你有沒有在其他什麼的故事中或新聞裡，看到這種天文類的傳說或社會上赦免罪犯的消息呢？（連結型問題／CQ）」

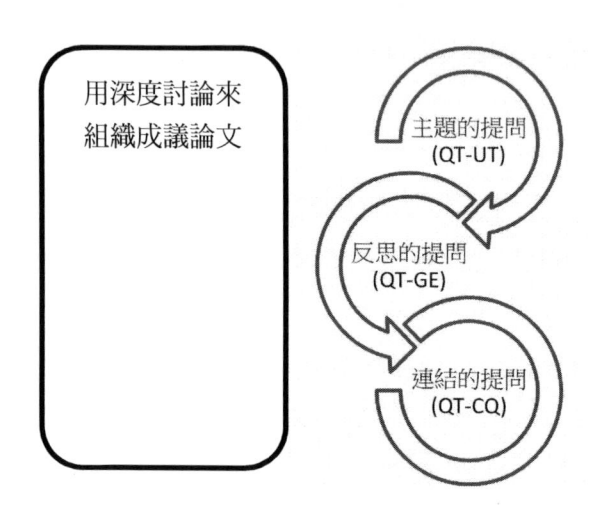

用深度討論來
組織成議論文

主題的提問
(QT-UT)

反思的提問
(QT-GE)

連結的提問
(QT-CQ)

議論文深度討論提問寫作層次

一　文本閱讀：一行法師捉北斗

【原文】

　　僧一行博覽無不知，尤善於數，鈞深藏往[註一]，當時學者莫能測[註二]。幼時家貧，鄰有王姥，前後濟之數十萬[註三]。及一行開元中承上敬遇，言無不可，常思報之。尋王姥兒犯殺人罪，獄未具[註四]。姥訪一行求救，一行曰：「姥要金帛[註五]，當十倍酬也。明君執法，難以請一日情求，如何？」王姥戟手大罵曰：「何用識此僧！」一行從而謝之，終不顧。一行心計渾天寺中工役數百，乃命空其室內，徙大甕於中。又密選常住奴二人，授以布囊，謂曰：「某坊某角有廢園，汝向中潛伺，從午至昏，當有物入來。其數七，可盡掩之。失一則杖汝。」奴如言而往。至酉後，果有群豕至，奴悉獲而歸。一行大喜，令置甕中，覆以木蓋，封於六一泥，朱題梵字數寸，其徒莫測。詰朝，中使叩門急召。至便殿，玄宗[註六]迎問曰：「太史奏昨夜北斗不見[註七]，是何祥也，師有以禳之[註八]乎？」一行曰：「後魏時，失熒惑，至今帝車不見，古所無者，天將大警於陛下也。夫匹婦匹夫不得其所，則隕霜赤旱，盛德所感，乃能退舍。感之切者，其在葬枯出係乎？釋門[註九]瞋以心壞一切善，慈心降一切魔。如臣曲見，莫若大赦天下。」玄宗從之。又其夕，太史[註十]奏北斗一星見，凡七日而復。成式以此事頗怪，然大傳眾口，不得不著之。

　　　　　　　　　　　錄自〔唐〕段成式《酉陽雜俎》

【翻譯】

　　唐朝的高僧一行法師博學多才，尤其擅長天文數學，深不可測。年少時家境貧困，鄰居王姥多次資助他，累計達數十萬錢。當一行在

開元年間受到皇帝的敬重與優待時，他總想回報王姥。不久，王姥的兒子因殺人被捕，案件尚未判決，王姥前來求助於一行。一行說：「如果你需要金帛，我可以十倍奉還，但國家法律嚴明，我不能以個人情面干預。」王姥聽後大怒，指責一行。一行誠懇道歉，但仍堅持不濟私情。

　　一行心中盤算，於是命令寺內的工匠騰空一個房間，搬進大甕，並暗中指派兩名僧侶奴役，給他們布囊，告訴他們某地的廢園中會有七頭豬出現，命他們捕獲。如果少捕一頭，就要懲罰他們。僧侶們按指示行事，果然抓到了豬，並放入甕中，然後封好甕蓋，上面用朱紅寫上梵文，無人知其用途。

　　第二天早晨，宮中的使者緊急召見一行。唐玄宗迎接並問：「昨夜太史奏報北斗星消失，這是什麼徵兆，您有何對策？」一行回答：「古書記載，天象異常可能是對君主的警示。或許是因為天下的冤屈未被平反，若陛下施行大赦，天象會恢復正常。」玄宗聽從了他的建議。果然，當晚太史報告北斗一星復現，七日後全部恢復如常。這一事件廣為流傳，成為後世的奇談。

改寫自《經典中國童話》之〈高僧一行捉北斗〉

【註釋】

註　一、鉤深藏往：指探索深奧隱秘的知識或事件。

註　二、莫能測：形容沒有人能理解或看透他的學識。

註　三、前後濟之數十萬：指王姥多次資助一行，金額達數十萬錢。

註　四、獄未具：指案件尚未審結，還沒有最終定罪。

註　五、金帛：指金錢與絲帛，這裡代指財物。

註　六、玄宗：唐玄宗李隆基，唐朝的皇帝。

註　七、北斗不見：指天文異象，北斗七星消失不見。

註　八、禳之：指進行禳解儀式，祈求消災解厄。
註　九、釋門：佛門，佛教的代稱。
註　十、太史：古代負責觀察天象、記錄歷史的官職。

二　討論思考：閱讀理解

（一）分析式閱讀

讀完這篇故事，作者為什麼要以一位「法術高強」的高僧法師作為主角，跟整篇故事的內容，有什麼關係嗎？

請想想看	故事中把天上的「北斗七星」捉入甕中的內容，和一行法師的職業、身分和能力有什麼關係呢？
	因為有一行法師的「○○○」 所以才能往後接著描寫施法「○○○○○○」

(二) 敘事觀點分析

　　你覺得為什麼故事要用「一行法師」，去幫「王婆婆」解救她犯罪的兒子，而不是讓某位高官請唐玄宗皇帝直接來赦免天下就好呢？

請想想看	請問，如果我們想要讓「法師助人」的方式比較有理，而不是像高官直接運用權力，違法濫權的話， A.那麼是用法師作法改變天象，順便警惕皇帝要施行仁政？ B.還是直接賄賂一位高官，讓他向皇帝進讒言來赦免罪犯？ 你覺得哪一個比較有道理呢？
	如果你選A，為什麼？
	如果你選B，為什麼？

三　討論思考：討論寫作

（一）申論寫作練習

　　為什麼一行法師當時要拒絕王婆婆的請求，不直接向唐玄宗說情，拯救王婆婆犯罪的兒子呢？

請想想看	請把你發現的原因找出來，填在下面空格

（二）科普寫作練習

在大自然中,「北斗七星」,是哪幾顆星球,在什麼季節,呈現什麼樣子?

請想想看	請你查詢一下天文百科,研究記錄一下北斗七星是哪七顆星,現在分別叫做什麼名字,是恆星還是行星或是衛星?在四季中的變化樣子如何?
	北斗七星的名稱? 星體的性質? 四季中的變化樣貌?

（三）創意寫作練習

如果讓你來寫這篇故事，身為一行法師的你，會使用什麼方法來解決事情，回報王婆婆的恩情，為什麼？

請想想看	請試著創造屬於你的「一行法師」，然後決定要不要幫王婆婆的忙？要怎麼幫呢？你會用什麼更有創意的方法？
	A.是否要幫王婆婆救他犯罪的兒子？否，為什麼？這樣是否就沒有報答王婆婆當初救助的恩情呢？
	B.是否要幫王婆婆救他犯罪的兒子？是，為什麼？
	C.如果要跟故事一樣，不直接去向皇帝求情，你會用什麼方法來說服皇帝大赦天下呢？

（四）深度討論提問寫作結構

請把前面的練習，寫成一篇屬於你自己或者大家一起創作的文章。

首先，我們把剛剛每個人創作的「法師作法」，討論出一個，作為你或大家的文章主題。然後，我們先問七個問題，再回答問題，接著文章就寫出來囉！

【文章結構】

題目	
開　頭一起 求知型問題（AQ）	討論提問：（此部分由教學者引導提問） 例如：這篇文章，想要告訴讀者什麼？
	問題：（此部分由教學者請學習者練習提問） 回答：
第二段一承 追問型問題（UT） 請選擇一種提問作為第二段討論提問	討論提問：（此部分由教學者引導提問） 例如：主角身為有影響力的高僧法師，他為什麼要先拒絕對他有恩的人的請求呢？
	問題：（此部分由教學者請學習者練習提問） 回答：

第二段—承 分析型問題（AY） 請選擇一種提問作為第二段討論提問	討論提問：（此部分由教學者引導提問） 例如：根據故事中的做法，你認為天上的星星，到了人間可能會變化成什麼樣的生物呢？ 問題：（此部分由教學者請學習者練習提問） 回答：
第三段—轉 歸納型問題（GE） 請選擇一種提問作為第三段討論提問	討論提問：（此部分由教學者引導提問） 例如：依照故事的描述，法師的行為，哪些是可以被接受，哪些可能不太恰當呢？ 問題：（此部分由教學者請學習者練習提問） 回答：

第三段—轉 推測型問題（SQ） 請選擇一種提問作為第三段討論提問	討論提問：（此部分由教學者引導提問） 例如：如果僕人沒有把北斗七星都抓住，而是有星星落跑，那會產生什麼情形呢？ 問題：（此部分由教學者請學習者練習提問） 回答：
結尾—合—情意 感受型問題（AF） 請選擇一種提問作為第四段討論提問	討論提問：（此部分由教學者引導提問） 例如：使用間接的方式，不僅僅救了王婆婆的兒子，也警惕了皇帝要施行仁政，這種方式，你覺得有沒有道理？ 問題：（此部分由教學者請學習者練習提問） 回答：

結尾―合―知性連結型問題（CQ）請選擇一種提問作為第四段討論提問	討論提問：（此部分由教學者引導提問）例如：你有沒有在其他什麼的故事中或新聞裡，看到這種天文類的傳說或社會上赦免罪犯的消息呢？
	問題：（此部分由教學者請學習者練習提問）
	回答：

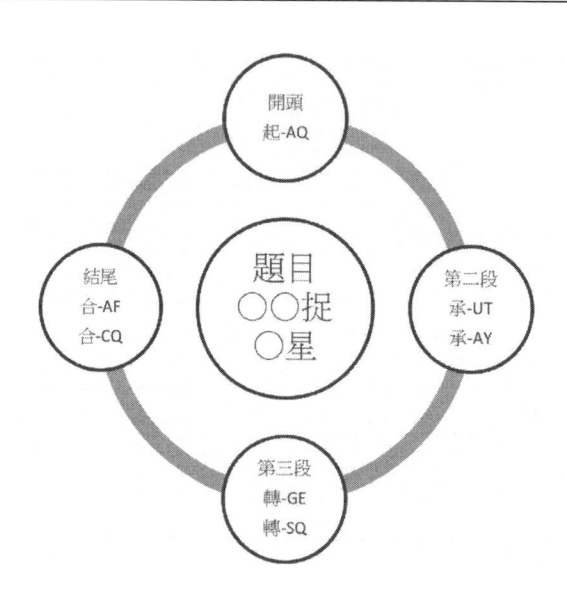

```
          開頭
          起-AQ

結尾              題目           第二段
合-AF            ○○捉          承-UT
合-CQ            ○星            承-AY

          第三段
          轉-GE
          轉-SQ
```

深度討論問題組成文章模式

請教學者協助同學們，先進行討論練習，然後透過這些練習，組織成文章。

四　中階議論文讀寫習作

（一）閱讀文本

1　取葉隱形

　　楚地有個貧窮的男人，在有一次讀到《淮南方》這本書，書中寫到：「螳螂要伺機捕蟬時，會躲在葉子後面，隱去身形。」於是他就到樹下，抬頭觀察螳螂捕蟬時，所用來隱身的那一片葉子。守了好一陣子，終於難到有隻螳螂躲在葉子後面準備捕捉禪，於是他就去摘下那片葉子。可是當跳上去摘葉子的時候，由於重心不穩，所以摔了下來，而葉子也混到地上一大堆了落葉裡面，分不清楚了。

　　他只好將所有的落葉都掃回家，足足有好幾斗那麼多。回家後，他一一將葉子拿起來遮在自己面前，然後問他的妻子：「妳看得見我嗎？」起初，妻子都回答看得見，所以楚人只好一片片地測試，每試一次就問一次，他的妻子被他搞得很厭煩，所以就說：「看不見了。」楚人開心地以為找到了那片可以隱身的葉子，就拿著它到市場上去，當著店家地面拿走了櫃子上要賣的物品。一會兒就被縣衙裡面的差役抓到縣令面前問罪，楚人一五一十地把前因後果說了一遍，縣令聽了以後大笑不止，就把他給放了，也沒有治他的罪。

改寫自〔三國魏〕邯鄲淳《笑林》

2　忠狗救主

　　在晉朝太和年間，廣陵有一位名叫楊生的人，養了一隻狗。楊生非常的疼愛牠，到哪裡都把牠帶在身邊。有一天晚上，楊生喝醉酒，走到一個大水塘旁邊的草叢中就到頭大睡。當時正是乾燥的冬天，一

把野火因為風勢強大的關係,眼看著就要燒到楊生了。這時狗兒來回地奔跑吠叫,想要叫醒主人,但是楊生已經不省人事了。狗兒於是衝進了大水塘弄濕了自己,再跑回楊生醉倒的地方,將身上的水灑在周圍的草上,就這樣來來回回好幾趟。楊生身旁的草都被水打溼了。因此火燒過來的時候,被阻隔住而沒有燒到楊生。當牠醒來看見吐著舌頭,氣喘吁吁的狗兒時,才發現是狗救了自己。

　　又有一次,楊生晚上走路的時候,因為黑漆漆地看不見路,不小心掉到一口乾枯的水井中。狗兒在井旁邊一直吠叫直到天亮,才有一個人經過。那人看見狗一直對水井嚎叫覺得很奇怪,探頭往下查看才發現楊生受困在下面。楊生求救說:「請您救我出來,我一定會好好的回報你的恩情。」路人就說:「如果你願意把這隻狗送給我,我就救你出來。」楊生不願意地說:「這隻狗曾經將我從鬼門關前救回一命,其他東西我都不會吝惜給您,但就是狗兒無法給您。」路人於是說:「那麼我就不救你出來了。」兩方僵持不下的時候,狗兒探頭望向主人,偷偷向楊生示意。楊生馬上明白狗的意思,便答應了路人的要求,等他救他出水井後,將狗送給路人。狗被路人牽走後,過了五天,聰明的牠趁機逃走,跑了很長一段路回到楊生的身邊。

改寫自〔東晉〕陶潛《搜神後記》

(二) 申論寫作練習學習單

文本	取葉隱形	忠狗救主
申論	讀完文章後，你覺得縣令為什麼要放走楚人而不治他的罪呢？	讀完文章後，你覺得為什麼楊生不願意為了自己被拯救而送出狗？
練習		

(三) 科普寫作練習學習單

文本	取葉隱形	忠狗救主
科普	讀完文章後，螳螂捕蟬是靠著葉子遮蔽還是有其他的隱身方式呢？	讀完文章後，你覺得當火災發生的時候，要用什麼方式求生呢？
練習		

(四) 創意寫作練習學習單

文本	取葉隱形	忠狗救主
創意	讀完文章後,請你研發屬於你的隱身術和說明隱身後想做什麼事?	讀完文章後,假設你是小狗,如果沒有路人經過,你要如何救主人?
練習		

（五）深度討論提問討論學習單

小組討論單 1

次序	文本	取葉隱形	問題類型
	提問者	問題內容記錄（小組討論時，請記錄大家的問題）	由教學者引導協助註記
			參考 AQ 求知型 UT 追問型 AY 分析型 GE 歸納型 SQ 推測型 AF 感受型 CQ 連結型 TQ 測試型 避免出現，建議引導修正

小組討論單 2

次序	文本	忠狗救主	問題類型
	提問者	問題內容記錄（小組討論時，請記錄大家的問題）	由教學者引導協助註記
			參考 AQ 求知型 UT 追問型 AY 分析型 GE 歸納型 SQ 推測型 AF 感受型 CQ 連結型 TQ 測試型 避免出現，建議引導修正

組織文章

請擇取一篇模擬題意，進行議論文練習

題目	評量	等第	得分
	主張	A:7~9分 B:4~6分 C:0~3分	
	組織	A:7~9分 B:4~6分 C:0~3分	
	聲音	A:7~9分 B:4~6分 C:0~3分	
	用詞	A:7~9分 B:4~6分 C:0~3分	
	句法	A:7~9分 B:4~6分 C:0~3分	
	規範	A:7~9分 B:4~6分 C:0~3分	

第三章
高階深度討論學思讀寫素養訓練

說明

　　高階部分的學思讀寫素養訓練，仍以美國讀寫教育所要求之「記敘文」、「說明文」、「議論文」為學習寫作之文體。此階段已進入十二年國民教育的「第三學習階段」，針對寫作的要求和比重理應從「理解」的「深度」與「思考」的「多元面向」和「重要觀念」的「認知了解」作為寫作前的「閱讀」培養。接著就必須依據「十二年國民基本教育課程綱要」中「語文領域—國語文」之「第三學習階段」的讀寫各項學習表現指標，進行教學引導與書寫訓練。

美國讀寫教育要求之讀寫文體及學習目標——「五、第六級」，本書則以中文使用者的程度分為第五級、第六級（依此進階排序）。

（一）完成「記敘文」

　　第五級：陳述真實或想像的經驗或事件，包括細節的描述，並有完整的前因與後果。能引領讀者想像其中的場景與事件中的角色特質，用開展的方式自然的描述事件的發展過程。能活用對話及描述角色的行為、思想、感受及對事件的反應。能應用動詞，描述事件有合理的順序，並有合理的結局以對事件的啟發。

　　第六級：能陳述真實或想像的經驗或事件，包括細節的描述，並有完整的前因與後果。能夠帶讀者想像故事中的場景與事件

中的角色,用開展的方式自然地描述事件過程,並具備邏輯的發展敘述。活用記述技巧,用對話、節奏、描述勾勒出事件與角色。有變化的運用單詞、連接詞、子句來連接場景。使用精確的單詞,相關的連接以及感官的描寫來使讀者進入場景。具有合理的結局並有啟發。

(二) 完成「說明文」

第五級:能介紹主題及與主題有關的資訊,且能提出對大環境的觀察以及陳述的重點。有邏輯的列舉一系列的現象,活用圖表、插畫等多媒體來輔助說明。包括完整的描述,並以事實、定義與細節來完成文章。使用連接詞、子句(例如:相對地……、尤其……)來描述細節,完成文章。能提出與陳述主題緊密相關的結論。

第六級:能夠介紹主題,組織思想及訊息。使用定義、分類、比較、因果等寫作策略,活用小標題、圖表及多媒體來輔助說明。能用精確的語言來解釋主題並用相關事實來發展主題,引用實例。能分段說明不同的資訊,段落間能有恰當的轉折。

(三) 完成「議論文」

第五級:能提出觀點並提出支持觀點的原因。能清楚陳述主題,表達中心思想,有結構的條列原因來支持中心思想以及作者的個人觀點。能說明事實與中心思想之間的邏輯關聯性。使用連接詞、子句(例如:因此……、尤其是……)來連接原因與觀點,且能提出與中心思想呼應的結論。

第六級：能介紹主張並提出清楚的原因及證據。能用清楚的理由及相關證據來支持主張，使用可靠的消息來源並且表現出作者確實對這個主題有所了解。能使用連接詞與子句來連接原因和主張。能提出結論並與主張相呼應。

（節錄改寫自曾多聞：〈美國學校各年級實施讀寫教育的教學目標與時數」〉,《美國讀寫教育——六個學習現場，六場震撼》，頁189-220。）

第一類　高階記敘文

　　高階記敘文的部分，仍舊著重在深化之前初階、中階對於文本內容的人物形貌、各類狀態的「學習描述」。

　　本部分之教學核心目標符應「十二年國民基本教育課程綱要」中「語文領域—國語文」之「第三學習階段」的「閱讀」之「5-Ⅲ-5熟習適合學習階段的摘要策略，擷取大意」、「5-Ⅲ-2理解句子、段落的內容，並整合成主要概念」和「寫作」之「6-Ⅲ-2培養思考力、聯想力等寫作基本能力」、「6-Ⅲ-3掌握寫作步驟，寫出表達清楚、段落分明、符合主題的作品」學習表現要求。

　　教學者在輔導學習者進行學思讀寫訓練時，在寫作技巧上，可以著重引領學習者觀察：

一、「全面地描述練習」，例如「我一開始發病時，覺得又悶又熱非常不舒服，忘了自己正在生病，拄起拐杖，想到外面乘涼。也不知道自己是在夢中，就這麼走出城門。走到郊外，心裡感覺非常舒暢，好像被關在籠子的鳥和柵欄的野獸被放出來那樣，有一種獲得自由的感覺。走著走著，到了山裡面看到一個水潭，於是就脫下衣服，跳入水中游泳。」

二、「事情、情緒的描寫」，例如「捕魚的趙干把大鯉魚藏起來，拿小魚給你，但是你們找到了他藏在蘆葦叢裡的大魚，於是把魚帶了回來，正要進縣衙的時候，看見有個管理戶口的職員坐在衙門東邊，有個擔任稽查的職員坐在西邊，正在下棋。到了大廳，鄒大人和雷大人正在玩桌遊，裴大人在吃桃子。張弼回來把魚交給王廚師，廚師就將魚給殺了，做成生魚片料理。」

三、「動作組合情境的描寫」，例如「走到郊外，心裡感覺非常舒暢，好像被關在籠子的鳥和柵欄的野獸被放出來那樣，有一種獲得自由的感覺。走著走著，到了山裡面看到一個水潭，於是就脫下衣服，跳入水中游泳。」

四、「擬物化、擬人化」，例如「一陣清涼的風吹過，蘆葦像在跳舞一樣優雅地搖著」。

等等的寫作技巧，並且嘗試模仿練習。

　　文章結構布局的訓練上，則延續前兩階段以「討論提問」的方式，引領學習者對於內容「描寫」進行深入的觀察，然後嘗試提出「反思」，最後學習更多元、甚是跨領域（例如，科普寫作）的「連結」練習。

一、「描寫」，例如「薛偉是如何變成鯉魚然後又變回人的呢？（求知型問題／AQ）」

二、「反思」，例如「如果薛偉變成的不是魚，而是其他動物，所以沒有被當作同事的生魚片大餐，那會有什麼結果？（推測型問題／SQ）」

三、「連結」，例如「在大自然中，你覺得『紅鯉魚』應該適合什麼樣的生態環境呢？（連結型問題／CQ）」

用深度討論來組織成記敘文

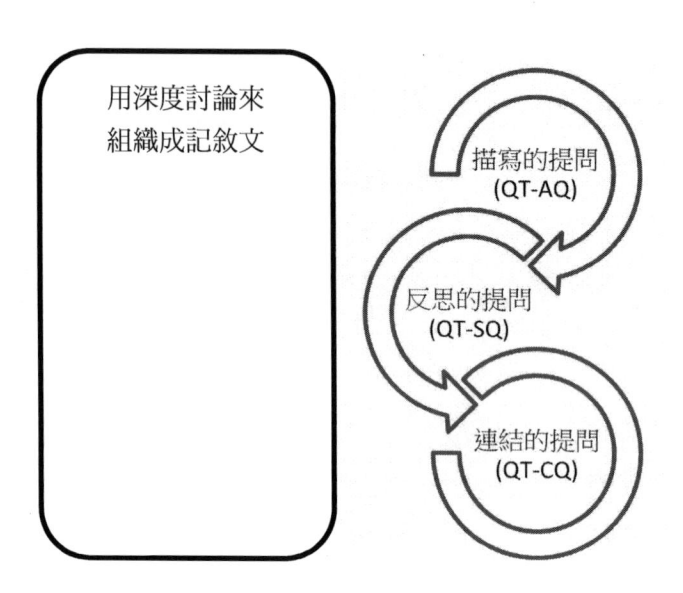

描寫的提問 (QT-AQ)

反思的提問 (QT-SQ)

連結的提問 (QT-CQ)

記敘文深度討論提問寫作層次

一　文本閱讀：薛偉變魚記

【原文】

薛偉者，乾元元年[註一]任蜀州青城縣主簿[註二]，與丞鄒滂、尉雷濟、裴寮同時。其秋，偉病七日，忽奄然若往者，連呼不應，而心頭微暖。家人不忍即殮[註三]，環而伺之。經二十日，忽長籲起坐，謂家人曰：「吾不知人間幾日矣？」曰：「二十日矣。」曰：「即與我覘群官，方食鱠[註四]否？言吾已蘇矣，甚有奇事，請諸公罷箸來聽也。」僕人走視群官，實欲食鱠。遂以告，皆停饗而來。偉曰：「諸公教司戶[註五]僕張弼求魚乎？」曰：「然。」又問弼曰：「漁人趙幹藏巨鯉，以小者應命，汝於葦間得藏者攜之而來。方入縣也，司戶吏某坐門東，糾曹[註六]吏某坐門西，方弈棋。入及階，鄒、雷方博[註七]，裴啖桃實。弼言幹之藏巨魚也，裴五令鞭之。既付食工王士良者，喜而殺之，皆然乎？」遞相問，誠然。眾曰：「子何以知之？」曰：「向殺之鯉，我也。」眾駭曰：「願聞其說。」

曰：「吾初疾困，為熱所逼，殆不可堪。忽悶，忘其疾，惡熱求涼，策杖而去，不知其夢也。既出郭，其心欣欣然，若籠禽檻獸之得逸，莫我如也。漸入山，山行益悶，遂下遊於江畔。見江潭深淨，秋色可愛，輕漣不動，鏡涵遠空，忽有思浴意，遂脫衣於岸，跳身便入。自幼狎水，成人已來，絕不復戲，遇此縱適，實契宿心。且曰：『人浮不如魚快也，安得攝魚而健遊乎？』傍有一魚曰：『顧足下不願耳，正授亦易，何況求攝。當為足下圖之。』決然而去。未頃，有魚頭人長數尺，騎鯢[註八]來導，從數十魚，宣河伯[註九]詔曰：『城居水遊，浮沉異道，苟非其好，則昧通波。薛主簿意尚浮深，跡思閒曠。樂浩汗之域，放懷清江；厭巇嶮之情，投簪幻世。暫從鱗化[註十]，

非遽成身。可權充東潭赤鯉。嗚呼！恃長波而傾舟，得罪於晦；昧纖鉤而貪餌，見傷於明。無惑失身，以羞其黨。爾其勉之！』聽而自顧，即已魚服矣。於是放身而遊，意往斯到。波上潭底，莫不從容。三江五湖，騰躍將遍。然配留東潭，每暮必復。俄而饑甚，求食不得，循舟而行，忽見趙幹垂鉤，其餌芳香，心亦知戒，不覺近口。曰：『我人也，暫時為魚，不能求食，乃吞其鉤乎！』舍之而去。有頃，饑益甚，思曰：『我是官人，戲而魚服，縱吞其鉤，趙幹豈殺我，固當送我歸縣耳。』遂吞之。趙幹收綸以出。幹手之將及也，偉連呼之，幹不聽，而以繩貫我腮，乃係於葦間。既而張弼來，曰：『裴少府買魚，須大者。』幹曰：『未得大魚，有小者十餘斤。』弼曰：『奉命取大魚，安用小者！』乃自於葦間尋得偉而提之。又謂弼曰：『我是汝縣主簿，化形為魚游江，何得不拜我？』弼不聽，提之而行，罵之不已，幹終不顧。入縣門，見縣吏坐者弈棋，皆大聲呼之，略無應者，唯笑曰：『可畏魚，直三四斤餘。』既而入階，鄒、雷方博，裴啖桃實，皆喜魚大，促命付廚。弼言幹之藏巨魚，以小者應命，裴怒鞭之。我叫諸公曰：『我是公同官，今而見擒，竟不相舍，促殺之，仁乎哉！』大叫而泣，三君不顧而付鱠手。王士良者，方持刃，喜而投我於机上，我又叫曰：『王士良，汝是我之常使鱠手也，因何殺我，何不執我白於官人？』士良若不聞者，按吾頸於砧上而斬之。彼頭適落，此亦醒悟，遂奉召爾。」

　　諸公莫不大驚，心生愛忍。然趙幹之獲，張弼之提，縣司之弈吏，三君之臨階，王士良之將殺，皆見其口動，實無聞焉。於是三君並投鱠，終身不食。偉自此平愈，後累遷華陽丞〔註十一〕乃卒。

　　　　　　　　　錄自〔唐〕李復言《續玄怪錄》

【翻譯】

　　薛偉是乾元元年擔任蜀州青城縣主簿的人，與同僚鄒滂、雷濟、裴寮同時任職。當年秋天，薛偉生病七天，突然像死了一樣，家人叫他也不回應，但他胸口還有些溫暖，家人不忍心立即為他殮葬，於是守在旁邊觀察。過了二十天，薛偉突然長嘆一聲坐起來，問家人：「我昏迷了幾天了？」家人說：「已經二十天了。」薛偉說：「那就去看一下群官們正在吃生魚片嗎？告訴他們我已經醒來，還有奇異之事要告訴大家，請他們放下筷子來聽。」僕人去通知官員們，果然他們正準備吃生魚片。大家放下飯食趕來。

　　薛偉說：「你們是不是讓張弼去找魚了？」大家回答：「是的。」薛偉又問張弼：「漁夫趙幹是不是藏起了一條大鯉魚，而你從蘆葦間找到藏起來的大魚帶來了？進縣的時候，某位司戶吏在門東下棋，而糾曹吏在門西也在下棋。你走到臺階時，鄒滂和雷濟正在博弈，裴寮在吃桃子。裴寮因為趙幹藏魚而鞭打他，然後你把魚交給了廚師王士良，他高興地殺了那條魚，是這樣嗎？」大家互相確認，事情確實如此，於是問薛偉：「你怎麼知道這些事？」薛偉回答：「那條被殺的鯉魚就是我。」

　　薛偉講述道：「我當時病得很重，被熱氣折磨得難以忍受。突然感覺昏迷，忘記了病痛，彷彿在尋找涼爽的地方。不知不覺來到了江邊，看見江水清澈，秋天的景色美好，水面如鏡，心生下水游泳的念頭。於是脫衣入水，享受在水中的自由。正當我想著人不如魚自在時，旁邊一條魚對我說，『若你願意，我可以讓你成為魚。』話音未落，一群魚騎著大魚來到，宣讀河伯的詔書，命令我變為魚。於是，我便成為東潭中的赤鯉魚，開始了在江河湖泊中的快樂游泳。

　　後來，我因為飢餓無法忍耐，游到了趙幹的魚鉤旁。明知魚鉤有

危險，但實在太餓，於是我吞了魚鉤，被趙幹捕獲。他將我放在蘆葦間，後來張弼來了，取走了我。儘管我不停地大喊我是他們的縣主簿，但無人理睬，最終我被王士良殺死了，這時我才醒來。」

聽完薛偉的講述，所有人都驚訝不已，從此三位官員再也不吃魚。薛偉的病從此痊癒，後來升任華陽縣丞，直到去世。

改寫自《經典中國童話》之〈薛偉變魚記〉

【註釋】

註　一、乾元元年：唐代宗李豫即位的第一年，即西元七五八年。
註　二、主簿：縣級官員，負責文書、簿籍等行政事務。
註　三、殮：指入殮，即給死者穿好衣服，放入棺材中。
註　四、鱠：生魚片，古代的飲食之一，將魚切片後直接食用。
註　五、司戶：掌管戶籍、賦稅的官員。
註　六、糾曹：古代吏職之一，負責糾察與調查。
註　七、博：博弈，古代的一種棋類遊戲。
註　八、鯢：一種大魚，亦指水中生物。
註　九、河伯：中國傳說中的水神，掌管江河湖泊。
註　十、鱗化：指變成魚的意思。
註十一、華陽丞：華陽縣的縣丞，協助縣令處理行政事務的官員。

二　討論思考：閱讀理解

（一）分析式閱讀

　　請從上面的故事中，找出薛偉是如何變成鯉魚然後又變回人的描述，把它摘錄或用自己的話寫在下面的欄中：

為什麼他薛偉想變成魚	薛偉變成魚的描述	從魚變回薛偉的描述

（二）敘事觀點分析

你覺得為什麼文章要用「薛偉」這個人變成了魚，然後受到捕捉和宰殺的故事，而不是直接讓「紅鯉魚」當主角，直接描寫「鯉魚被人類宰殺」的可憐就好呢？

請想想看	請問，如果我們想要讓人類對動物產生「慈悲心」和「同理心」， A.那麼是用一個人變成動物親身體驗被捕殺的情況比較有真實感？ B.還是直接描寫動物們被人類獵捕，成為人類食物？ 你覺得哪一個會產生慈悲心和同理心呢？
	如果你選A，為什麼？
	如果你選B，為什麼？

三 討論思考：討論寫作

（一）申論寫作練習

　　這篇文章最後，聽到薛偉變成魚的遭遇以後，為什麼大家都決定不再吃魚了呢？

請想想看	請把你發現的原因找出來，填在下面空格

（二）科普寫作練習

在大自然中，你覺得「紅鯉魚」應該適合什麼樣的生態環境呢？

請想想看	請你替薛偉變成的「紅鯉魚」找一個適合牠居住地方。這個地方要有什麼條件，才適合牠，請盡量思考！
	例如：水質「淡水」、「鹹水」？

（三）創意寫作練習

如果讓你變成一種動物，你會選擇什麼樣的「動物」，為什麼？

請想想看	請你創造一下，屬於你自己故事中的「動物」的樣子，為什麼你想要成為這種動物呢？順便跟大家說說看。畫出牠的樣子來吧！
	A.你想成為什麼樣的動物？
	B.這個動物的習性、生態和喜好與你的喜歡的東西有沒有關係？ 例如：薛偉喜歡游泳，所以想變成魚
	C.請試著畫出你變成「牠」的樣子

(四)深度討論提問寫作結構

請把前面的練習，寫成一篇屬於你自己或者大家一起創作的文章。

首先，我們把剛剛每個人創作的「動物」，討論出一個，作為你或大家的文章主題。然後，我們先問七個問題，再回答問題，接著文章就寫出來囉！

【文章結構】

題目	
開　頭－起 求知型問題（AQ）	討論提問：（此部分由教學者引導提問） 例如：這篇文章，想表達什麼意思？ 問題：（此部分由教學者請學習者練習提問） 回答：
第二段－承 追問型問題（UT） 請選擇一種提問作為第二段討論提問	討論提問：（此部分由教學者引導提問） 例如：故事中的主角，為什麼會想要變成魚呢？ 問題：（此部分由教學者請學習者練習提問） 回答：

第二段—承 分析型問題（AY） 請選擇一種提問作為第二段討論提問	討論提問：（此部分由教學者引導提問） 例如：根據故事中的魚的習性，應該適合在什麼樣的生態環境生存呢？ 問題：（此部分由教學者請學習者練習提問） 回答：
第三段—轉 歸納型問題（GE） 請選擇一種提問作為第三段討論提問	討論提問：（此部分由教學者引導提問） 例如：主角變成魚以後和其他的人類同事，有了什麼不一樣的觀察和心情呢？ 問題：（此部分由教學者請學習者練習提問） 回答：

第三段―轉 推測型問題（SQ） 請選擇一種提問作為第三段討論提問	討論提問：（此部分由教學者引導提問） 例如：如果薛偉變成的不是魚，而是其他動物，所以沒有被當作同事的生魚片大餐，那會有什麼結果？ 問題：（此部分由教學者請學習者練習提問） 回答：
結尾―合―情意感受型問題（AF） 請選擇一種提問作為第四段討論提問	討論提問：（此部分由教學者引導提問） 例如：你有沒有曾經看過什麼動物新聞，然後覺得牠們很可憐的事情呢？ 問題：（此部分由教學者請學習者練習提問） 回答：

結尾—合—知性 連結型問題（CQ） 請選擇一種提問作 為第四段討論提問	討論提問：（此部分由教學者引導提問） 例如：你有沒有在其他什麼文章看過類似這種人變成動物的故事，故事要說的意義和本篇的「慈悲心」、「同理心」有什麼一樣或不一樣的地方？ 問題：（此部分由教學者請學習者練習提問） 回答：

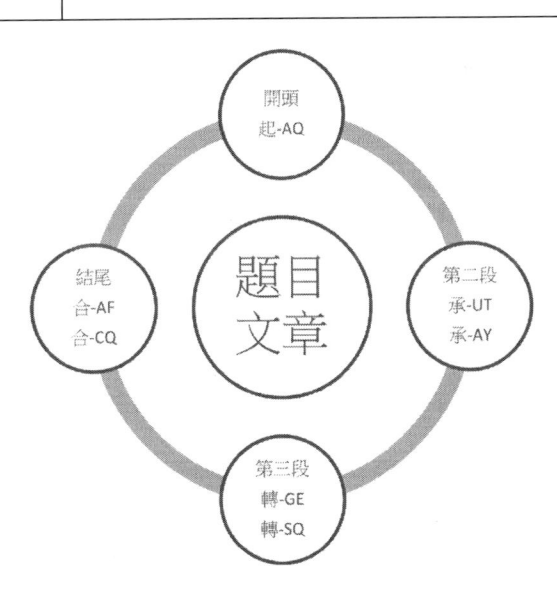

```
              開頭
              起-AQ

   結尾                    第二段
   合-AF      題目          承-UT
   合-CQ      文章          承-AY

              第三段
              轉-GE
              轉-SQ
```

深度討論問題組成文章模式

請教學者協助同學們，先進行討論練習，然後透過這些練習，組織成文章。

四　高階記敘文讀寫習作

（一）閱讀文本

1　少女葉限

　　在中國的西南方的廣西，有一群少數民族——壯族生活在邕州這個地方。在秦漢時期，首領姓吳，人們叫他吳洞，當地的人稱為洞人。他有兩位妻子，其中一位妻子過世後，留下一個女兒名叫葉限。葉限從小就聰明機伶，很受到父親的疼愛。不久，吳洞去世後，另一位妻子也就是葉限的後母時常虐待葉限，常常指使他到危險的山上砍柴和到很深的湖潭取水。

　　有一天，葉限在取水時撈到一條兩吋長的小魚，她便把將魚帶回家偷偷養在盆子裡。這隻魚長著紅色的鰭、金黃色的眼睛。隨著時間，魚也漸漸長大，終於長到無法用容器裝下牠，只好將牠放養在屋後的池塘裡。每當葉限到池邊餵牠，牠便浮出水面，探出頭來，但是其他人來，魚就躲藏在池水中不肯出來。

　　葉限的後母發現這件事，假裝好意的對葉限說：「妳太辛苦了，我做一件新衣服給妳穿吧！」於是要葉限把舊衣換下來。不久，後母差遣葉限到一個非常遙遠的地方打水，自己則換上了葉限的舊衣服，來到池邊呼喚魚。魚以為是葉限來了，便從水中露出頭來，突然間，後母拿起藏在袖子裡的利刃，一刀將魚給砍死了。

　　那條魚經過多年的餵養，已經長到一丈多長，後母將魚肉煮成菜餚，肥美的魚肉味道比平常的魚還要鮮美可口。吃完了魚，她將魚骨頭埋在糞土堆裡。

　　隔天葉限取水回來卻看不見池塘的魚，不禁悲從中來，跑到野外嚎啕大哭。這時一位奇裝異服的仙人從天而降，告訴葉限魚已經被後

母給殺掉吃下肚子了。神仙要葉限回去將埋在糞土堆的魚骨頭挖出來，洗乾淨藏在房子裡。如果需要什麼東西就向魚骨祈求，它便會滿足葉限的要求。葉限回去以後照著仙人的話做，果然獲得很多金銀珠寶和美麗的衣裳。

壯族的洞節到了，後母帶著女兒們去參加節慶，要葉限在家工作和看守果樹。葉限等到她們走了以後，偷偷的穿上像魚骨求來有翠鳥羽毛裝飾的服裝，金色絲線編織的松鼠皮鞋也去參加洞節。在慶典上，妹妹認出了葉限，對母親說：「那人好像是大姊耶？」葉限發覺引起了後母和妹妹的注意，便匆忙地趕回家，不小心掉了一隻鞋被一位洞人。後母回到家看見葉限抱著樹在睡覺，便打消了對她的懷疑。

邕州附近有個海島，島上有個陀汗國，國勢強大，國王統治著好幾千里的海域。撿到鞋的洞人將鞋賣到陀汗國，國王得到鞋子以後，命令身旁的人試穿，但是大家的腳都太大了，於是國王下令要全國的女人都來試鞋，但是沒有一位合腳。這隻鞋像羽毛般輕巧，踩在石頭上都不會發出摩擦的聲音。國王下令到附近各家搜查，若有誰能夠穿上這隻鞋，就立刻逮捕回報。

後來，衛士在葉限家裡找到另外一隻相同的鞋，找到被後母藏在後屋的葉限，於是葉限便穿上翠羽裝飾的衣服和金線編織的松鼠毛皮鞋去見國王，一試果真合腳。葉限美如天仙的樣子也吸引了國王，她把父親過世後遭到後母虐待的事情以及神奇的魚骨都告訴了國王。國王便下令處死狠心的後母和妹妹，洞人將她們埋在石頭坑裡，取名為「懊女冢」，意思是懊悔的女人的墳墓。眾人把她們當作媒神，凡祈求作媒牽紅線都很靈驗。

後來國王封葉限為王妃，帶她回國享受榮華富貴。但是貪心的國王在頭一年就向魚骨祈求了無數的金銀財寶，所以隔年魚骨就不再靈驗了。最後魚骨和許多珠寶被埋在海邊。當國王要挖出來當作征討叛

軍的軍費時,一夕之間海潮就淹沒了埋藏魚骨的地方了。

改寫自〔唐〕段成式《酉陽雜俎》

2　洞中迷途記

　　河南嵩山的北面有一個非常大的洞穴,深不見底。當地的民眾常常到那裡去遊覽。晉朝年間,有一個人不小心掉進洞裡,同行的人希望他不要死,所以丟了一些食物進去。掉下去的人獲得了食物,填飽了肚子後,便往洞穴深處前進,盼望能夠找到出口。

　　走了十幾天,終於看見有亮光的地方,不一會兒終於重見光明。他看到有一間茅草屋,屋中兩人相對坐著,正在下棋。棋盤旁邊有一杯白色的飲料,掉下去的男子告訴這兩人自己又餓又渴,所以下棋的人說:「你可以喝了這杯飲料。」掉進洞穴的人於是將飲料喝下去,頓時感覺氣力猛增了十倍。下棋的人問他:「你留下來嗎?」掉進洞穴的人表示不願意留下來。下棋的人於是跟他說:「從這裡向西走,有一個天井,井裡有很多蛟龍。不過只要你投身跳進井裡,自然就會走出去。如果你餓了,就取井裡面的東西來吃。」

　　掉進洞穴的人按照下棋的人所說的路走去,經過半年左右,果然從距離河南幾千里的四川走出來。他回到洛陽,就這事去請教廣武縣侯張華,張華說:「你見到的是仙館裡的二位神仙,你喝的是玉液瓊漿,吃的是蛟龍洞穴裡的龍穴石髓啊!」

改寫自〔東晉〕陶潛《搜神後記》

(二) 申論寫作練習學習單

文本	少女葉限	洞穴迷途記
申論	讀完文章後，你覺得葉限的後母為什麼會遭受到國王的懲罰呢？	讀完文章後，你覺得男子為何能在這麼深長的洞穴存活那麼久呢？
練習		

(三)科普寫作練習學習單

文本	少女葉限	洞穴迷途記
科普	讀完文章後,請調查葉限少女她們的洞節可能是壯族的什麼節慶?	讀完文章後,請研究一下河南嵩山到四川的距離和地理風貌?
練習		

（四）創意寫作練習學習單

文本	少女葉限	洞穴迷途記
創意	讀完文章後，如果妳是葉限，那麼妳會向魚骨祈求獲得什麼呢？	讀完文章後，請你試著用更多的細節描述這洞中半年的迷途歷險？
練習		

（五）深度討論提問討論學習單

小組討論單 1

次序	文本	少女葉限	問題類型
	提問者	問題內容記錄（小組討論時，請記錄大家的問題）	由教學者引導協助註記
			參考 AQ 求知型 UT 追問型 AY 分析型 GE 歸納型 SQ 推測型 AF 感受型 CQ 連結型 TQ 測試型 避免出現，建議引導修正

第三章　高階深度討論學思讀寫素養訓練 ❖ 171

小組討論單 2

次序	文本	洞穴迷途記	問題類型
	提問者	問題內容記錄（小組討論時，請記錄大家的問題）	由教學者引導協助註記
			參考 AQ 求知型 UT 追問型 AY 分析型 GE 歸納型 SQ 推測型 AF 感受型 CQ 連結型 TQ 測試型 避免出現，建議引導修正

組織文章
請擇取一篇模擬題意，進行記敘文練習

題目		評量	等第	得分
		主張	A:7~9分 B:4~6分 C:0~3分	
		組織	A:7~9分 B:4~6分 C:0~3分	
		聲音	A:7~9分 B:4~6分 C:0~3分	
		用詞	A:7~9分 B:4~6分 C:0~3分	
		句法	A:7~9分 B:4~6分 C:0~3分	
		規範	A:7~9分 B:4~6分 C:0~3分	

第二類　高階說明文

　　高階說明文主要著重於使學習者能夠運用更細緻和具條理的模式，為內容主題「增加說明」，並提供更深入的解釋。此部分符應「語文領域—國語文」之「第三學習階段」的「閱讀」之「5-Ⅲ-3區分文本中的客觀事實與主觀判斷之間的差別」、「5-Ⅲ-6連結相關的知識和經驗，提出自己的觀點，評述文本的內容」和「寫作」之「6-Ⅲ-3掌握寫作步驟，寫出表達清楚、段落分明、符合主題的作品」、「6-Ⅲ-5書寫說明事理、議論的作品」學習表現要求。

　　在教學者輔導學習者進行學思讀寫訓練時，請盡量引領學習者從「多元面向」深度理解文章背後的主旨、含意，進而擴大學習者對該文章意義的思考，掌握客觀事實和主觀判斷。可以多著重在：

一、「事件、情感的比喻」，例如「廉廣百口莫辯，心情如同啞巴吃了苦澀的黃蓮子，卻說不出口。」

二、「用抽象描寫具體、用具體描寫抽象」，例如「牆面的磚突然流著血液的血管脈搏，一股一股地浮動著」、「憤怒的天空中，畫裡的龍騰空而飛」。

等說明書寫技巧。

　　文章結構布局的訓練上，延續前階段「說明文」的知性演繹思維，以「深度討論七大提問類型」的學習方式，就「主題」的訊息擷取與理解、「反思」的比較與多元思考和「連結」的擴充與聯想訓練，進行文章組織思維的教學引導。

一、「主題」，例如「讀完故事後，你覺得廉廣的「五彩筆」為什麼會被神仙隱士給收回去呢？（追問型問題／UT）」

二、「反思」,例如「如果那時候廉廣畫的不是恐怖的士兵和能飛仙降雨的龍,而是別種東西的話,會有什麼不一樣的結果嗎?(推測型問題／SQ)」

三、「連結」,例如「作為一支神奇的五彩筆,應該可以畫出天地間所有的顏色,請當一位色彩偵探,調查一下顏色的世界裡,總共有哪些主要的顏色,它們有沒有分類呢?(連結型問題／CQ)」

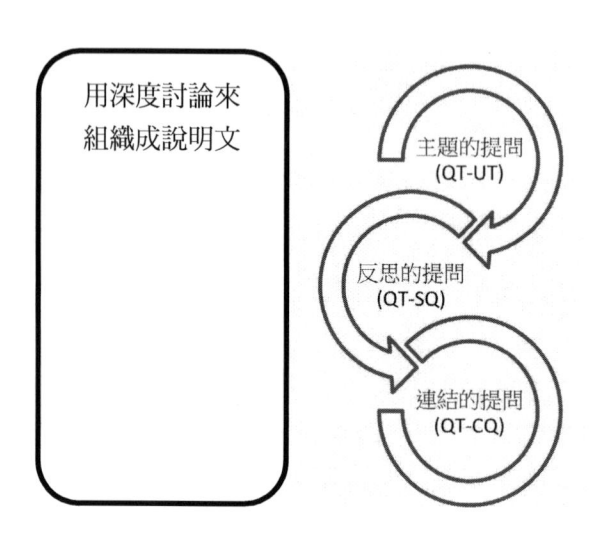

用深度討論來組織成說明文

主題的提問 (QT-UT)

反思的提問 (QT-SQ)

連結的提問 (QT-CQ)

說明文深度討論提問寫作層次

一　文本閱讀：廉廣的五彩筆

【原文】

　　廉廣者，魯人也。因採藥，於泰山〔註一〕遇風雨，止於大樹下。及夜半雨晴，信步〔註二〕而行。俄逢一人，有若隱士。問廣曰：「君何深夜在此。」仍林下共坐。語移時，忽謂廣曰：「我能畫，可奉君法。」廣唯唯〔註三〕。乃曰：「我與君一筆，但密藏焉。即隨意而畫，當通靈〔註四〕。」因懷中取一五色筆以授之。廣拜謝訖，此人忽不見。爾後頗有驗。但祕其事，不敢輕畫。後因至中都縣〔註五〕。李令〔註六〕者性好畫，又知其事，命廣至。飲酒從容問之。廣祕而不言。李苦告之。廣不得已，乃於壁上畫鬼兵〔註七〕百餘，狀若赴敵。其尉趙知之，亦堅命之。廣又於趙廨〔註八〕中壁上，畫鬼兵百餘，狀若擬戰。其夕，兩處所畫之鬼兵俱出戰。李及趙既見此異，不敢留，遂皆毀所畫鬼兵。廣亦懼而逃往下邳。下邳令知其事，又切請廣畫。廣因告曰：「余偶夜遇一神靈，傳得畫法，每不敢下筆。其如往往為妖。幸察之。」其宰不聽。謂廣曰：「畫鬼兵即戰，畫物必不戰也。」因命畫一龍。廣勉而畫之。筆纔絕，雲蒸霧起，飄風倏至。畫龍忽乘雲而上。致滂沱〔註九〕之雨，連日不止。令憂漂壞邑居。復疑廣有妖術，乃收廣下獄，窮詰〔註十〕之。廣稱無妖術。以雨猶未止，令怒甚。廣於獄內號泣，追告山神。其夜，夢神人言曰：「君當畫一大鳥，叱而乘之飛，即免矣。」廣及曙，乃密畫一大鳥。試叱之，果展翅。廣乘之，飛遠而去。直至泰山而下。尋復見神。謂廣曰：「君言泄於人間，固有難厄也。本與君一小筆，欲為君致福，君反自致禍，君當見還。」廣乃懷中探筆還之。神尋不見。廣因不復能畫。下邳畫龍，竟為泥壁。

　　　　　　　　　　　錄自〔唐〕馬總《大唐奇事》

【翻譯】

　　廉廣是魯國人，因採藥途中在泰山遇到風雨，便在樹下避雨。半夜雨停後，他隨意走動，遇到一位像隱士的人。此人問廉廣為何夜晚在此，兩人攀談後，隱士表示自己會畫畫，願傳授廉廣畫法。他從懷中取出一支五色筆交給廉廣，並囑咐他慎重使用，隨後便消失了。

　　後來，廉廣的畫技果然神奇，但他不敢隨便畫畫。有一天，他到中都縣，縣令李某聽聞其畫技，命廉廣展示。廉廣起初不願，但在李令再三要求下，他在牆上畫了數百鬼兵，形如出征戰鬥。當晚，牆上的鬼兵竟然真地出現，進行戰鬥。李令和尉趙驚駭不已，隨即毀掉了畫作。廉廣害怕，逃到下邳縣。

　　下邳縣令也聽聞此事，請廉廣作畫。廉廣解釋自己偶然獲得畫技，不能輕易作畫，並提醒畫作可能引發異象。但縣令不聽，命他畫一條龍。廉廣勉強畫了，結果龍隨著雲霧飛上天，並帶來連綿不止的暴雨。縣令擔心大雨會毀壞城鎮，懷疑廉廣有妖術，將他囚禁。

　　在獄中，廉廣夢見神靈，指示他畫一隻大鳥並乘之逃走。次日，他照做，成功逃到泰山。廣再見到當初的神靈，神告訴他，因洩露畫技，才招致災難，並要求他歸還五色筆。廉廣歸還筆後，失去畫畫的能力，他在下邳縣畫的龍也變回了泥牆上的普通畫作。

改寫自《經典中國童話》之〈廉廣的神筆〉

【註釋】

註　一、泰山：位於中國山東省的名山，古代視為神聖的地方。

註　二、信步：隨意地走動，表示隨興散步的狀態。

註　三、唯唯：表示答應或附和，這裡是廉廣答應神靈的說法。

註　四、在這裡表示廉廣的畫有通靈效果，甚至可以讓他畫的東西變活。

註　五、中都縣：中國古代的一個行政區劃，可能指現今山東或其他地區。

註　六、李令：縣令，古代縣級行政長官，李是姓氏。

註　七、鬼兵：指畫中的鬼魂士兵，因畫法靈異，可以真實出現。

註　八、廨：官署，指古代官員辦公或居住的場所。

註　九、滂沱：「沲」為「沱」之異體字。形容雨勢很大，這裡指龍升天後引來的大雨。

註　十、窮詰：嚴格審問，這裡指縣令懷疑廉廣有妖術，對他進行了嚴密的審問。

二　討論思考：閱讀理解

（一）分析式閱讀

　　文章中用了哪些文字說明，讓五彩畫筆畫出來的圖畫，像是真實的人物或動物？請試著摘錄或用自己的話說明：

五彩畫筆的神力說明，請將文章中圖畫栩栩如生的文字說明在表格中	
牆上的士兵	
牆上的龍	
牆上的鳥	

（二）敘事觀點分析

你覺得作者為什麼選擇「廉廣」這個平凡人，而不是「神仙隱士」來作為本文的主要角色？

請想想看	請問，如果我們想要「考驗一個人的自制力」， A.那麼是用一個平凡人偶然獲得神奇的工具，看他如何使用？ B.還是直接請神仙來說明應該怎麼做？ 你覺得哪一個當主角會比較有故事性呢？
	如果你選A，為什麼？
	如果你選B，為什麼？

三 討論思考：討論寫作

（一）申論寫作練習

讀完故事後，你覺得廉廣的「五彩筆」為什麼會被神仙隱士給收回去呢？

請想想看	請把你發現的原因找出來，填在下面空格

（二）科普寫作練習

作為一支神奇的五彩筆，應該可以畫出天地間所有的顏色，請當一位色彩偵探，調查一下顏色的世界裡，總共有哪些主要的顏色，它們有沒有分類呢？

請想想看	請你調查一下色彩圖鑑，看看「五彩筆」可能可以畫出哪些顏色？這些顏色的名稱叫做什麼？可不可以依照顏色的屬性分成哪些類型呢？每種顏色又代表什麼意義呢？
	顏色的種類
	顏色的屬性分類
	顏色的代表的意義
	你的鉛筆盒（袋）裡面，總共有多少顏色呢？

（三）創意寫作練習

如果讓你來寫這篇故事，你會用這支神奇的五彩筆，畫出什麼樣的東西呢？為什麼？

請想想看	請你說明一下，屬於你自己故事中的「神奇五彩筆」的樣子，是從「哪裡」得到它的，有什麼「功能」，你想畫出什麼東西來，為什麼？
	A.神奇五彩筆的「樣子」，有什麼「功能」？
	B.從哪裡獲得這枝五彩筆，在什麼情況下？
	C.請試著說明你想用它畫出什麼東西來，為什麼？

(四)深度討論提問寫作結構

請把前面的練習，寫成一篇屬於你自己或者大家一起創作的文章。

首先，我們把剛剛每個人創作的「神奇之筆」，討論出一個，作為你或大家的文章主題。然後，我們先問七個問題，再回答問題，接著文章就寫出來囉！

【文章結構】

題目	
開　頭—起 求知型問題（AQ）	討論提問：（此部分由教學者引導提問） 例如：這篇文章，想告訴我們什麼事情？ ------ 問題：（此部分由教學者請學習者練習提問） 回答：
第二段—承 追問型問題（UT） 請選擇一種提問作為第二段討論提問	討論提問：（此部分由教學者引導提問） 例如：為什麼神仙隱士會把筆送給廉廣呢？ ------ 問題：（此部分由教學者請學習者練習提問） 回答：

第二段—承 分析型問題（AY） 請選擇一種提問作為第二段討論提問	討論提問：（此部分由教學者引導提問） 例如：根據文章對這支神奇五彩筆的描述，它可能具有哪些神奇的功能呢？ 問題：（此部分由教學者請學習者練習提問） 回答：
第三段—轉 歸納型問題（GE） 請選擇一種提問作為第三段討論提問	討論提問：（此部分由教學者引導提問） 例如：主角廉廣在故事裡，因為哪些遭遇讓他擁有了神筆，又因為哪些遭遇讓他失去了神筆呢？ 問題：（此部分由教學者請學習者練習提問） 回答：

第三段—轉 推測型問題（SQ） 請選擇一種提問作為第三段討論提問	討論提問：（此部分由教學者引導提問） 例如：如果那時候廉廣畫的不是恐怖的士兵和能飛仙降雨的龍，而是別種東西的話，會有什麼不一樣的結果嗎？ 問題：（此部分由教學者請學習者練習提問） 回答：
結尾—合—情意 感受型問題（AF） 請選擇一種提問作為第四段討論提問	討論提問：（此部分由教學者引導提問） 例如：你有沒有曾經答應別人保守一項秘密，但是因為受到別人的影響，而忍不住說出來，而遭遇不幸的事情呢？ 問題：（此部分由教學者請學習者練習提問） 回答：

結尾—合—知性連結型問題（CQ）請選擇一種提問作為第四段討論提問	討論提問：（此部分由教學者引導提問）例如：看到這個文章，有沒有曾經和什麼樣的故事或事件有類似的情況呢？請比較看看。
	問題：（此部分由教學者請學習者練習提問）
	回答：

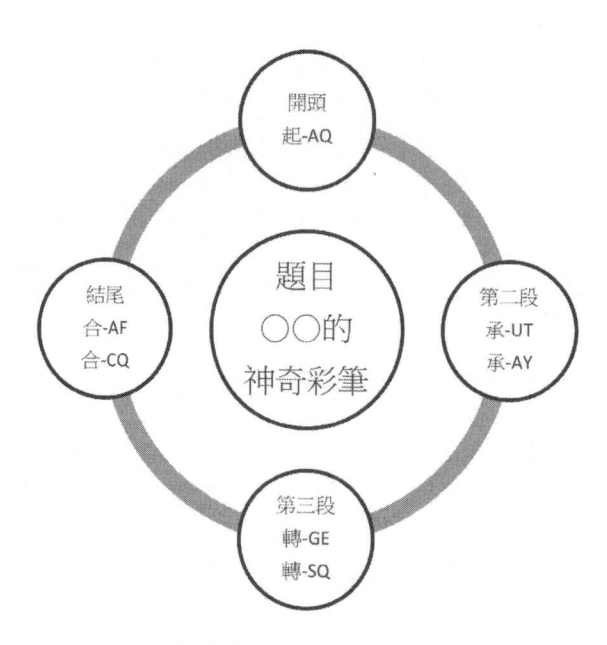

```
         開頭
         起-AQ

結尾                       第二段
合-AF      題目           承-UT
合-CQ    ○○的            承-AY
        神奇彩筆

         第三段
         轉-GE
         轉-SQ
```

深度討論問題組成文章模式

請教學者協助同學們，先進行討論練習，然後透過這些練習，組織成文章。

四 高階說明文讀寫習作

(一) 閱讀文本

1 豁達先生與女鬼

　　孝廉蔡魏公常告訴大家，鬼有三種技能：第一是迷惑、第二是遮擋、第三是嚇唬。有人問說：「能否舉例說明一下這三種技能呢？」

　　蔡魏公說道，我有個姓呂的表弟，是江蘇松江府的書生。他向來是天不怕地不怕，自稱「豁達先生」。有一回他經過泖湖西鄉時，已經接近傍晚。他看到了一個化了妝的婦人，手裡拿著一根繩子，神色匆忙地跑過來。婦人看見了呂生，就趕緊躲到大樹後面，手上拿的繩子不小心掉在地上，被呂生拿起來一看，原來是一條草繩。他聞了聞繩子，頓時有一股腐臭的味道衝鼻而來，心理面就猜到，這個婦人應該是吊死鬼，所以偷偷將繩子藏在身上，繼續往前走。

　　這時，婦人從樹後跑了出來，要攔阻呂生。呂生向左走，婦人就往左攔；他往右走，婦人就往右攔。呂生心理面曉得這就是人們俗稱的「鬼打牆」了。他不管三七二十一的往前衝，那婦人沒有辦法，於是大叫一聲，轉化成披頭散髮、血流滿身的厲鬼模樣，並且伸出向帶子一樣長的舌頭，往呂生撲過去。

　　呂生說：「你先前塗眉畫粉，是想要迷惑我；接著攔阻在我面前，是想遮擋我；現在又變成恐怖的厲鬼模樣，是想嚇唬我。這三種本領都使出來了，我並不怕，所以妳應該無計可施了吧？妳可知道別人都叫我萬事不怕的『豁達先生』呢！」

　　女鬼聽了只好變回婦人的模樣，跪在地上說：「我原本是城裡姓施的人家，因為和丈夫吵架，一時想不開所以上吊自殺。現在聽說泖湖東邊有個婦人也和她丈夫發生口角，所以想去找她當替死鬼。想不

到半路遇到你，又將我的繩子收走，如此我就無法去抓交替投胎了。請先生看我可憐的份上，為我超生吧！」

呂生笑著問：「那我要怎麼幫妳超生呢？」婦人說：「請你替我轉告城裡的施姓人家，設置道場，請有道行的僧人多幫我唸誦《往生咒》，我就可以投胎轉世了。」

呂生聽完笑著說：「我就是有道行的僧人，也有一篇《往生咒》，為妳唸一遍吧！」說完高生念誦著：「好大世界，無遮無礙，死去生來，有何替代？要走便走，豈不爽快！」女鬼聽完後，恍然大悟，趴著磕了幾個頭，就消失不見了。

後來當地人說，這附近一向不平靜，自從豁達先生經過以後，就再也沒有東西作怪了。

改寫自〔清〕袁枚《新齊諧》

2　白螺天女

常州義興縣的吳堪是一位獨身的男子，在縣衙裡當差役，性情恭順。因為他家臨近荊溪，所以他常常在家門前用物品遮蔽溪水，使得溪水不被外物污染，並且有空時就在溪水旁看護。

這樣的日子過了許多年，突然有一天吳堪在溪邊撿到一個白螺，就拿回家以清水養著。有天吳堪從縣裡回來，看到家中的飯菜都已經準備好了，於是就坐下用餐。往後接連十天都是如此，他便以為是鄰居家的老婆婆可憐他獨居，於是為他做飯。吳堪前去致謝，老婆婆卻說：「你最近有美麗的妻子為你料理家務，卻為何跑來謝我呢？」原來，每次吳堪去縣裡後，就有一位十七八歲的漂亮女子將飲食準備妥當，隨即進入臥室再不出來。吳堪猜想這些事情可能是那白螺做的。隔天他假裝去縣衙，中途轉進鄰居老婆婆家躲著，等女子出來以後，再出現向她詢問原由和道謝。女子告訴吳堪她是白螺天女，上天知道

他愛護荊溪泉源，可憐他獨居，因此派白螺天女前來侍候吳堪。吳堪感激不已，便與白螺天女結為夫婦，兩人相敬如賓，家庭和樂。

　　這個消息傳到當地橫行霸道的縣令耳裡，他想要霸佔吳堪美麗的妻子，於是便要求吳堪去取得「蛤蟆毛」和「鬼臂」兩種東西，而且必須在縣令晚上坐堂時就要交上來，否則要處罰吳堪。老實的吳堪走出來，不知如何是好，回到家神情沮喪，白螺天女聽到以後笑著說：「如果你要別種東西，我還不敢奉命，但是這兩種物品，我能夠取得。」不一會兒，白螺天女便取得這兩樣東西，讓吳堪交給縣令覆命。

　　縣令眼見無法陷害吳堪，所以又找機會召見他說：「我要一個蝸斗，你最好快點找來給我，否則災禍就會降臨到你身上。」吳堪受領了命令，回到家告訴妻子，白螺天女說：「這種東西我家就有。」過了一陣子，白螺天女牽來一頭像狗一樣的野獸，說：「這就是蝸斗，牠能夠把火給吃下去。」吳堪便將牠交給縣令，縣令問道：「牠有什麼能耐？」吳堪說：「牠不僅能吃火，大便也是火。」縣令於是拿了一盆炭燒的火給蝸斗吃，接著牠就痾了火便，縣令生氣的命令僕人掃屎滅火，但是掃帚碰到蝸斗的大便卻感覺沒有碰到東西。突然間，四周火焰爆炸，大火焚燒了整個縣城，連縣令的家也燒得精光，成了灰燼。吳堪和他白螺天女的妻子則不知去向。縣城從此往西遷移重建，也就是今日這個縣城。

改寫自〔唐〕皇甫氏《原化記》

（二）申論寫作練習學習單

文本	豁達先生與女鬼	白螺天女
申論	讀完文章後，你說明一下為何女鬼要使出三種技能來對付呂生？	讀完文章後，你覺得為什麼上天為何要派白螺天女來照顧吳堪呢？
練習		

(三) 科普寫作練習學習單

文本	豁達先生與女鬼	白螺天女
科普	讀完文章後，請研究一下鬼的三種技能其實是人的什麼心理狀態？	讀完文章後，請研究一下白螺這種生物需要什麼樣的生存環境？
練習		

(四) 創意寫作練習學習單

文本	豁達先生與女鬼	白螺天女
創意	讀完文章後,如果為鬼設計更多技能,你能逐一說明看看嗎?	讀完文章後,請你創造一隻比蝸斗還要厲害的奇獸,說明牠的能耐?
練習		

（五）深度討論提問討論學習單

小組討論單 1

次序	文本	**豁達先生與女鬼**	問題類型
	提問者	問題內容記錄（小組討論時，請記錄大家的問題）	由教學者引導協助註記
			參考 AQ 求知型 UT 追問型 AY 分析型 GE 歸納型 SQ 推測型 AF 感受型 CQ 連結型 TQ 測試型 避免出現，建議引導修正

小組討論單 2

次序	文本	白螺天女	問題類型 由教學者引導協助註記
	提問者	問題內容記錄（小組討論時，請記錄大家的問題）	參考 AQ 求知型 UT 追問型 AY 分析型 GE 歸納型 SQ 推測型 AF 感受型 CQ 連結型 TQ 測試型 避免出現，建議引導修正

組織文章

請擇取一篇模擬題意，進行說明文練習

題目		評量	等第	得分
		主張	A:7~9分 B:4~6分 C:0~3分	
		組織	A:7~9分 B:4~6分 C:0~3分	
		聲音	A:7~9分 B:4~6分 C:0~3分	
		用詞	A:7~9分 B:4~6分 C:0~3分	
		句法	A:7~9分 B:4~6分 C:0~3分	
		規範	A:7~9分 B:4~6分 C:0~3分	

第三類　高階議論文

　　高階的議論文，在本學思讀寫訓練中，主要透過「深度討論教學」的「提問討論」，透過開放式的問題討論，引導學習者「參與思考」並學習「清楚表達」自我的看法與觀點。符應「語文領域—國語文」之「第三學習階段」的「閱讀」之「5-Ⅲ-6連結相關的知識和經驗，提出自己的觀點，評述文本的內容」、「5-Ⅲ-7運用自我提問、推論等策略，推論文本隱含的因果訊息或觀點」和「寫作」之「6-Ⅲ-3掌握寫作步驟，寫出表達清楚、段落分明、符合主題的作品」、「6-Ⅲ-5書寫說明事理、議論的作品」的學習表現要求。

　　在閱讀理解的教學輔導上，教學者能引導學習者從文本中觀察：
一、「多元對比的思考」，例如「你覺得為什麼故事要用一個和竊盜事件發生地點一點關係都沒有的『湖州別駕蘇無名』這個人，來解決這件案子呢？為什麼不讓洛陽的官員捕快們其中一位，或是武則天本人來當破案的偵探呢？」
二、「深度反向的思維」，例如「從案件本身歸納來看，可以用什麼方式，讓嫌犯不要急著把寶物運走？」

文章結構布局的訓練上，以「七大問題類型」的提問，針對文本和寫作「主題」，進行全面的分析，並且透過教學者、家長與學習者彼此間的互動討論，進行多元的「反思」，進一步擴大思考範圍，增加相關「連結」，進行文章組織思維的教學引導。
一、「主題」，例如「這篇文章，在表達什麼意思？（求知型問題／AQ）」
二、「反思」，例如「如果盜賊一開始就將寶物先運出國境，只剩人還沒走，那蘇無名要怎麼處理呢？（推測型問題／SQ）」

三、「連結」，例如「你有沒有看過類似這種推理破案的故事，請提出來和本故事的主角和案件比較看看？（連結型問題／CQ）」

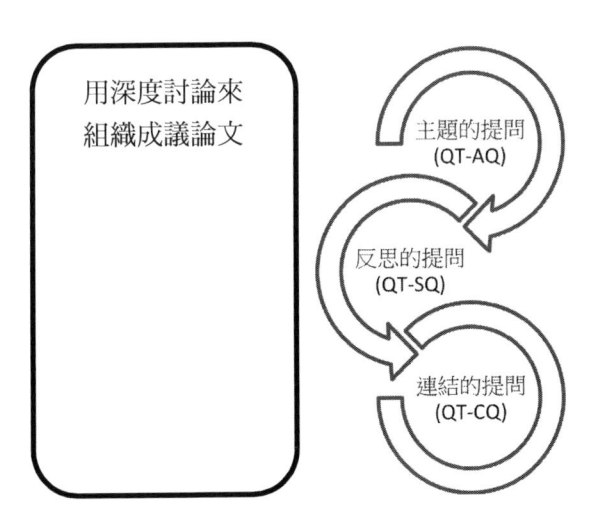

用深度討論來
組織成議論文

主題的提問
(QT-AQ)

反思的提問
(QT-SQ)

連結的提問
(QT-CQ)

議論文深度討論提問寫作層次

一　文本閱讀：蘇無名探案

【原文】

　　天后時，嘗賜太平公主細器寶物兩食盒，所直黃金千鎰〔註一〕，公主納之藏中。歲餘取之，盡為盜所將矣。公主言之，天后大怒，召洛州長史謂曰：「三日不得盜，罪！」長史懼，謂兩縣主盜官曰：「兩日不得賊，死！」尉謂吏卒游徼曰：「一日必擒之，擒不得，先死！」吏卒游徼懼，計無所出。衢中遇湖州別駕〔註二〕蘇無名，相與請之至縣。游徼白尉：「得盜物者來矣。」無名遽進至階，尉迎問故。無名曰：「吾湖州別駕也，入計在茲。」尉呼吏卒：「何誣辱別駕？」無名笑曰：「君無怒吏卒，抑有由也。無名厯官所在，擒奸摘伏有名，每偷至無名前，無得過者。此輩應先聞，故將來，庶解圍耳。」尉喜請其方。無名曰：「與君至府，君可先入白之。」尉白其故，長史大悅，降階執其手曰：「今日遇公，卻賜吾命，請遂其由。」無名曰：「請與君求見對玉階，乃言之。」於是天后召之，謂曰：「卿得賊乎？」無名曰：「若委臣取賊，無拘日月，且寬府縣，令不追求，仍以兩縣擒盜吏卒，盡以付臣，臣為陛下取之，亦不出數十日耳。」天后許之。月餘，值寒食〔註三〕，無名盡召吏卒，約曰：「十人五人為侶，於東門北門伺之，見有胡人與黨十餘，皆衣縗絰〔註四〕，相隨出赴北邙〔註五〕者，可踵之而報。」吏卒伺之，果得，馳白無名，往視之。問伺者，諸胡何若。伺者曰：「胡至一新塚，設奠，哭而不哀，亦撤奠，即巡行塚旁，相視而笑。」無名喜曰：「得之矣。」因使吏卒盡執諸胡，而發其塚。塚開，割棺視之，棺中盡寶物也。奏之。天后問無名：「卿何才智過人，而得此盜？」對曰：「臣非有他計，但識盜耳。當臣到都之日，即此胡出葬之時，臣亦見，即知是偷，但不知其葬物處。

今寒節拜掃，計必出城，尋其所之，足知其墓。賊既設奠，而哭不哀，明所葬非人也。奠而哭畢，巡塚相視而笑，喜墓無損傷也。向若陛下迫促府縣捕賊，計急必取之而逃。今者更不追求，自然意緩，故未將出。」天后曰：「善。」賜金帛、加秩二等。

錄自〔唐〕牛肅《紀聞》

【翻譯】

　　唐朝的武則天女皇賞賜她的女兒太平公主一批金銀珠寶，價值黃金幾萬兩。過了一年多以後，當太平公主想要拿出來賞玩時，卻發現珠寶全部被盜賊給偷走了。武則天十分生氣，告訴洛陽的官員說：「三天之內，如果抓不到賊，就將你治罪。」官員趕緊找來負責捕盜的縣尉說：「兩天之內如果抓不到賊，就要重重地處罰你們。」縣尉回去，對手下的差役和捕快說：「限你們一天之內抓到盜賊，否則就先處死你們。」

　　差役和捕快們都叫苦連天，卻找不到破案的線索。這時他們在街上遇到擔任湖州別駕的蘇無名，大家都稱他為神機妙算的偵探，於是連忙把他請到縣衙。

　　差役回到縣衙跟縣尉說：「找到偷寶物的盜賊了。」蘇無名發覺情況不對，趕緊和縣尉解釋說：「我是湖州別駕蘇無名，是跟他們一起來協助破案的。」尉縣氣得罵差役們說：「為什麼誣蔑蘇別駕？」蘇無名笑著說：「你別怪罪他們，因為我在地方上擒賊破案小有名氣，沒有盜賊能夠在我眼前逃得掉的，所以他們才會請我來幫忙。」蘇無名跟著縣尉去見了洛陽的官員，請求他帶他到皇宮裡拜見武則天女皇。武則天問：「你抓到盜賊了嗎？」蘇無名說：「如果要派我去抓賊，必須取消限期，放寬對縣府的催逼，請他們暫時都不要參與追查，只要派縣衙的捕快聽我指揮，保證用不了幾十天，一定幫陛下將

盜賊捕獲。」

　　武則天同意了這個建議，蘇無名命令大家放鬆追查，直到清明節這一天，他將捕快們召集起來，命令他們十五個人一隊，分別到東門和西門追查。如果看見有一群外國人，全部穿著喪禮的服裝，一同往城外的北邙山的方向去的話，就趕緊跟蹤他們，並派人回來通知。果然在西門發現了一群可疑的外國人，正往北邙山方向走去，蘇無名趕去後，問跟蹤的捕快：「這群人都做了些什麼？」跟蹤的人說：「這些外國人到了一座新的墳墓前面，擺設祭祀的供品。拜祭時哭泣的聲音卻不怎麼哀傷，結束後，他們圍繞著墳墓查看，彼此還笑著互相交換眼色。」蘇無名高興地說：「可以動手抓人了。」於是命令捕快將這群外國人全數逮捕，然後挖開墳墓，打開棺材一看，裡面都是失竊的金銀珠寶。

　　案子偵破以後，武則天問蘇無名：「你為什麼能夠抓到這班盜賊呢？」蘇無名回答說：「我並沒有特別的計謀，只是剛到洛陽那一天，正巧遇上這群外國人抬著棺材假裝出殯，我善於鑑別盜賊，所以認定他們應該就是偷珠寶的小偷，只是不曉得他們將寶物藏在哪裡。等到清明節掃墓，我估計他們一定會出城拿取偷藏的贓物，只要跟蹤他們，就可以知道埋藏贓物的地方。另外，聽他們的哭聲並不悲痛，說明墓中所埋的不是人。祭祀結束，他們圍繞著墳墓觀看微笑，是高興墳墓沒有被動過。如果當初陛下您催促縣衙縣時破案，這些盜賊一著急，可能不會等風聲過後才去拿去珠寶，而可能直接帶著珠寶逃出我國。所以我要大家暫時不追查，放鬆盜賊們的警覺，才有機會抓到他們。」

　　武則天聽完了蘇無名的推理，十分嘉許，於是給他賞賜和加薪獎勵。

改寫自《經典中國童話》之〈神探蘇無名〉

【註釋】

註　一、千鎰：鎰，量詞。古代計算重量的單位。以二十兩或二十四兩為「一鎰」。千鎰約兩萬兩黃金，比喻價值很高。

註　二、別駕：職官名。漢制，為州刺史的佐官，因隨刺史巡行視察時另乘車駕，故稱為「別駕」。隋、唐曾改稱為「長史」。後又復原名，文中所指乃唐代的官稱。

註　三、寒食：指寒食節。每年冬至後一百零五日，約在清明節前一、二日。晉文公時為求介之推出仕而焚林，之推抱木而死，全國哀悼，於是乃定是日禁火寒食。

註　四、縗絰：麻布做成的喪服。

註　五、北邙：山名。位處今河南省洛陽縣北部。古時王侯公卿多葬於此，後多引申為「墳墓」意。

二　討論思考：閱讀理解

（一）分析式閱讀

　　文章中用了哪些文字，來描述蘇無名偵查盜賊的線索呢？請試著當一次文字詞語偵探，把它們抓出來，填在下面欄位：

蘇無名發現「盜賊」的第一條線索「看」到什麼？	蘇無名發現「盜賊」的第二條線索「聽」到什麼？

(二) 敘事觀點分析

你覺得為什麼故事要用一個和竊盜事件發生地點一點關係都沒有的「湖州別駕蘇無名」這個人，來解決這件案子呢？為什麼不讓洛陽的官員捕快們其中一位，或是武則天本人來當破案的偵探呢？

請想想看	有句話說「當局者迷，旁觀者清」， A.那麼是讓一位有搜查能力的旁觀者來協助偵查比較辦得到？ B.還是直接安排當局者的某一位，在時間期限內來破案比較辦得到？ 你覺得哪一個比較可以辦得到呢？
	如果你選A，為什麼？
	如果你選B，為什麼？

三　討論思考：討論寫作

（一）申論寫作練習

讀完故事後，你覺得「蘇無名」為什麼要請武則天取消破案的時間期限呢？

請想想看	請把你發現的原因找出來，填在下面空格

(二)科普寫作練習

根據故事中的提到的線索之一——「外國人」，請扮演一下歷史考古學家，研究一下，在唐朝武則天的年代，那時候來到唐朝的「外國人」可能是哪些國家或哪些民族呢？他們的宗教信仰和喪禮祭拜方式有哪些呢？請展開調查：

請想想看	請你調查一下，唐朝武則天女皇的時期，是在距今哪時候？當時作為國際間的大國家「大唐帝國」，可能有哪些國家或民族的人會來到這裡？
	這些外國人可能信仰哪些宗教，他們舉行喪禮的方式有什麼不一樣？

（三）創意寫作練習

在一樣的年代裡，洛陽城又有一批寶物失竊了，這時候有人說可能是一群南方來的大食人（阿拉伯）犯的案，這回請你擔任破案的主角，寫下你對案件的推理和破案的方法吧！

請想想看	請你思考一下，這群來自南方大食帝國的阿拉伯人，有什麼和唐朝人不一樣的習慣，這些習慣能不能成為你破案推理的線索，你要如何依靠這些線索來破案呢？方法是什麼？
	A.大食帝國阿拉伯人的樣子和習慣？
	B.寶物失竊留下來可能的線索有哪些？
	C.破案的方法是什麼？

（四）深度討論提問寫作結構

請把前面的練習，寫成一篇屬於你自己或者大家一起創作的文章。

首先，我們把剛剛每個人創作的「案件」，討論出一個，作為你或大家的文章主題。然後，我們先問七個問題，再回答問題，接著文章就寫出來囉！

【文章結構】

題目	
開　頭一起 求知型問題（AQ）	討論提問：（此部分由教學者引導提問） 例如：這篇文章，在表達什麼意思？ --- 問題：（此部分由教學者請學習者練習提問） 回答：
第二段一承 追問型問題（UT） 請選擇一種提問作為第二段討論提問	討論提問：（此部分由教學者引導提問） 例如：這個事件發生的時間、地點和過程是什麼？ --- 問題：（此部分由教學者請學習者練習提問） 回答：

第二段一承 分析型問題（AY） 請選擇一種提問作為第二段討論提問	討論提問：（此部分由教學者引導提問） 例如：根據這個案件的線索，哪些是可能發生竊盜的原因？ 問題：（此部分由教學者請學習者練習提問） 回答：
第三段一轉 歸納型問題（GE） 請選擇一種提問作為第三段討論提問	討論提問：（此部分由教學者引導提問） 例如：從案件本身歸納來看，可以用什麼方式，讓嫌犯不要急著把寶物運走？ 問題：（此部分由教學者請學習者練習提問） 回答：

第三段—轉 推測型問題（SQ） 請選擇一種提問作為第三段討論提問	討論提問：（此部分由教學者引導提問） 例如：如果盜賊一開始就將寶物先運出國境，只剩人還沒走，那蘇無名要怎麼處理呢？ 問題：（此部分由教學者請學習者練習提問） 回答：
結尾—合—情意 感受型問題（AF） 請選擇一種提問作為第四段討論提問	討論提問：（此部分由教學者引導提問） 例如：你覺得蘇無名的破案推理，給你什麼樣的思考和啟發呢？ 問題：（此部分由教學者請學習者練習提問） 回答：

結尾―合―知性連結型問題（CQ） 請選擇一種提問作為第四段討論提問	討論提問：（此部分由教學者引導提問） 例如：你有沒有看過類似這種推理破案的故事，請提出來和本故事的主角和案件比較看看？ 問題：（此部分由教學者請學習者練習提問） 回答：

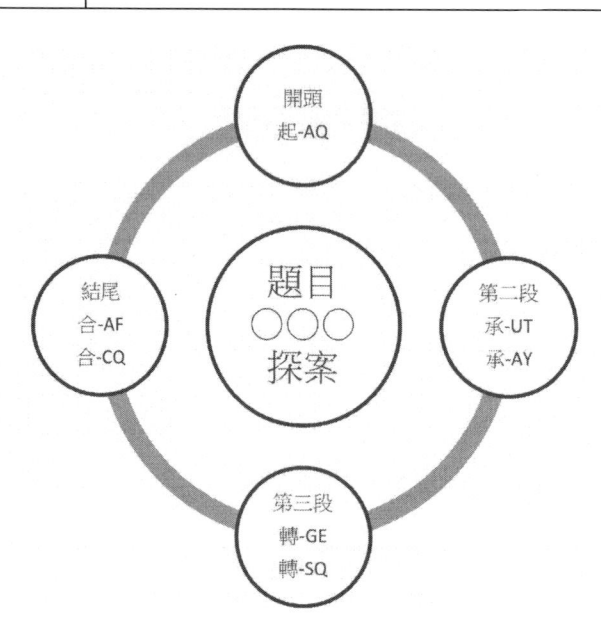

深度討論問題組成文章模式

請教學者協助同學們，先進行討論練習，然後透過這些練習，組織成文章。

四　高階議論文讀寫習作

（一）閱讀文本

1　兩小兒辯日

　　孔子周遊列國，有一回到東方的國度，來到一個村莊，看到兩個小孩正在爭辯，吵得面紅耳赤，誰也不認輸。孔子便好奇地從車上下來，詢問兩位小朋友到底在爭論什麼？

　　兩個小朋友說：「我們正在爭論一個問題，與你無關，請你離開吧！」

　　孔子看到他們正在氣頭上，所以不在意他們無禮地回應，反而更和藹地說：「爭論的問題，讓我也聽聽看好嗎？」

　　其中一個小朋友問：「你是誰？」

　　孔子回答說：「我是魯國的孔丘。」

　　另一位小朋友高興地說：「太好了，正好聖人來了，那就請他評評理吧！」

　　孔子謙虛地回應：「哪裡，我還算不上是聖人，只是多讀了一些書罷了！」

　　前一個小孩說：「我認為太陽剛升起時距離人近，而到中午的時候距離人遠。」

　　另一個小孩則認為說：「太陽剛升起的時候距離人遠，而到中午的時候距離人近。」

　　孔子聽完兩人的論點，就請他們分別說說各自的理由。

　　前一個小孩說：「太陽剛升起的時候大得像一個車蓋，等到正午就小得像一個盤子，這不是遠處的看著小而近處看著大嗎？」

另一個小孩說：「太陽剛升起的時候清涼而還有點寒意，等到中午的時候像手伸進熱水裡一樣熱，這不是近的時候感覺熱而遠的時候感覺涼嗎？」

孔子聽完兩人的話也判斷不出誰對誰錯，只能一笑置之。兩個小孩嘲笑孔子說：「誰說聖人的知識淵博呢？」

改寫自〔戰國〕列禦寇《列子》

2 劉崇龜斷案

唐朝昭宗時，劉崇龜鎮守南海這個地方。有一個富商的兒子把船停泊在江岸，看見岸上有一座高門大戶中有位美貌如花的女子，不迴避陌生人。富商的兒子就調戲她說：「今夜我到你家裡去找妳。」女子聽了沒有感到生氣，到了夜裡還開著窗子等待。這時，忽然有強盜闖入女子的房中，她以為是富商的兒子來訪，所以開心地迎上前去。可是，強盜卻以為房屋的人發現了，所以前來擒拿自己，於是用刀殺了女子，然後逃走。

不久，富商兒子隨後來到，進門卻踏到血而滑倒在地，還聽到脖子不斷噴血的聲音，覺得有人臥倒在地上，嚇得慌忙地逃回船上，連夜解船逃遁。

女子的家人沿著血腳印尋蹤覓跡，向官府報案。官府派人追捕到富商的兒子，投入監獄中用刑審訊。富商子把經過的情形都招認了，但就是不肯承認殺人。劉崇龜仔細檢查現場所遺留的刀，原來是一把屠刀，於是下令說：「某天要大設宴席，全境所有的屠夫都要集合到毯場，幫忙宰殺牲畜。」等到屠夫全都集合後，到了晚上便解散眾屠夫，但是命令他們各自留下刀來，等第二天再來。

劉崇龜在當晚派人用殺人的兇刀換下其中一口屠刀。第二天，所有的屠夫紛紛認領了各自的刀。其中卻有一人沒有離開說：「這把刀

不是我的啊！」劉崇龜於是問他知道是誰的刀嗎？那人說是某人刀。劉崇龜急忙派人追捕，然而已經被他給逃竄。於是劉崇龜另外找一名被判刑確定的死刑犯，假裝是商人的兒子，認定他是行兇者，於傍晚將他處決。那名逃竄的嫌犯，聽到了這個消息，以為沒事了就返回家中，隨即被埋伏在一旁的差役捕快擒拿伏法。其實富商的兒子晚上私闖民宅，只是受到杖背的刑罰而已。

改寫自〔宋〕鄭克《折獄龜鑑》

（二）申論寫作練習學習單

文本	**兩小兒辯日**	**劉崇龜斷案**
申論	讀完文章後，你覺得兩位小朋友誰說的有理，為什麼呢？	讀完文章後，你覺得為什麼要把其中一把屠刀換成殺人兇刀呢？
練習		

（三）科普寫作練習學習單

文本	兩小兒辯日	劉崇龜斷案
科普	讀完文章後，請研究一下兩位小朋友的論點，是屬於哪種自然現象？	讀完文章後，請調查一下屠刀是什麼樣子和菜刀的差別在哪裡？
練習		

(四) 創意寫作練習學習單

文本	兩小兒辯日	劉崇龜斷案
創意	讀完文章後,你會用什麼方法來解釋太陽的距離呢?	讀完文章後,請你試著也寫一篇搞錯兇手的故事,然後推理破案?
練習		

（五）深度討論提問討論學習單

小組討論單 1

次序	文本	兩小兒辯日	問題類型
	提問者	問題內容記錄（小組討論時，請記錄大家的問題）	由教學者引導協助註記
			參考 AQ 求知型 UT 追問型 AY 分析型 GE 歸納型 SQ 推測型 AF 感受型 CQ 連結型 TQ 測試型 避免出現，建議引導修正

小組討論單 2

次序	文本	劉崇龜斷案	問題類型
	提問者	問題內容記錄（小組討論時，請記錄大家的問題）	由教學者引導協助註記
			參考 AQ 求知型 UT 追問型 AY 分析型 GE 歸納型 SQ 推測型 AF 感受型 CQ 連結型 TQ 測試型 避免出現，建議引導修正

組織文章

請擇取一篇模擬題意，進行議論文練習

題目		評量	等第	得分
		主張	A:7~9分 B:4~6分 C:0~3分	
		組織	A:7~9分 B:4~6分 C:0~3分	
		聲音	A:7~9分 B:4~6分 C:0~3分	
		用詞	A:7~9分 B:4~6分 C:0~3分	
		句法	A:7~9分 B:4~6分 C:0~3分	
		規範	A:7~9分 B:4~6分 C:0~3分	

結語

　　本書乃融合了美國讀寫教育模式和深度討論教學模式，採取「分析閱讀」和「提問討論」的方式，引領第一學習階段至第三學習階段的學習者進行「學習」、「思考」、「閱讀」、「寫作」的素養訓練。

　　試圖以中國古代經典文學故事和國語文為本體，結合了美國的讀寫表達學習模式，欲以這個初步的嘗試，作為未來開展臺灣讀寫素養教育的試金石。結合了雲科大漢學應用所三位碩士研究生鍾可渼、王思涵、李芳瑜所創立的雲墨堂文化工作室，進行編輯與資料校補。落實研究、教學、應用的目標。作為初試啼聲的撰述，一定存在著許多值得討論和修正的地方，懇請有心於讀寫教育的師長、專家先進，能夠給予建議與指導。感謝大家。

二〇二四年十一月王世豪謹記

參考文獻

（依著者姓氏筆畫為序）

P. Karen Murphy, Classroom Discussions in Education New York and London: Routledge Taylor & Group, 2018.

王世豪主編：《深度討論力——高教深耕的國文閱讀思辨素養課程》，臺北：五南圖書出版公司，2019年。

胡衍南、王世豪主編：《深度討論教學法理論與實踐》，臺北：元照出版公司，2020年。

曾多聞：《美國讀寫教育改革教我們的六件事》，臺北：讀書共和國出版集團，2018年。

曾多聞：《美國讀寫教育——六個學習現場，六場震撼》，臺北：讀書共和國出版集團，2020年。

漫遊者編輯室：《經典中國童話：從文學經典中採集童話，從閱讀童話中親近文學》，臺北：漫遊者文化公司，2012年。

華文教學叢書 1200004

深度討論力：美國讀寫教育模式

作　　者	王世豪
編　　輯	鍾可渼、王思涵、李芳瑜
責任編輯	黃筠軒
特約校稿	吳華蓉
發 行 人	林慶彰
總 經 理	梁錦興
總 編 輯	張晏瑞
編 輯 所	萬卷樓圖書股份有限公司
印　　刷	維中科技有限公司
排　　版	林曉敏
封面設計	黃筠軒
發　　行	萬卷樓圖書股份有限公司

　　臺北市羅斯福路二段 41 號 6 樓之 3
　　電話 (02)23216565
　　傳真 (02)23218698
　　電郵 SERVICE@WANJUAN.COM.TW

香港經銷　香港聯合書刊物流有限公司
　　電話 (852)21502100
　　傳真 (852)23560735

ISBN 978-626-386-203-6
2024 年 12 月初版
定價：新臺幣 380 元

如何購買本書：

1. 轉帳購書，請透過以下帳戶
　合作金庫銀行　古亭分行
　戶名：萬卷樓圖書股份有限公司
　帳號：0877717092596

2. 網路購書，請透過萬卷樓網站
　網址 WWW.WANJUAN.COM.TW

大量購書，請直接聯繫我們，將有專人為您服務。客服：(02)23216565 分機 610

如有缺頁、破損或裝訂錯誤，請寄回更換
版權所有・翻印必究
Copyright©2024 by WanJuanLou Books CO., Ltd.
All Rights Reserved　　Printed in Taiwan

國家圖書館出版品預行編目資料

深度討論力：美國讀寫教育模式/王世豪著. -- 初版. -- 臺北市：萬卷樓圖書股份有限公司, 2024.12
　　面；　公分. -- (華文教學叢書；1200004)
ISBN 978-626-386-203-6(平裝)

1.CST: 寫作法

811.3　　　　　　　　　　　　113018894